当代作家精品·诗歌卷

风和裙裾穿过苍穹

顾艳　著

北京出版集团
北京出版社

图书在版编目（CIP）数据

风和裙裾穿过苍穹 / 顾艳著. — 北京 : 北京出版社，2023. 1

（当代作家精品. 诗歌卷）

ISBN 978-7-200-17623-0

Ⅰ. ①风… Ⅱ. ①顾… Ⅲ. ①诗集—中国—当代 Ⅳ. ①I227

中国版本图书馆 CIP 数据核字（2022）第 240038 号

当代作家精品 · 诗歌卷

风和裙裾穿过苍穹

FENG HE QUNJU CHUANGUO CANGQIONG

顾艳　著

出　版　北京出版集团
　　　　北京出版社
地　址　北京北三环中路 6 号
邮　编　100120
网　址　www.bph.com.cn
发　行　北京出版集团
印　刷　三河市中晟雅豪印务有限公司
经　销　新华书店
开　本　710 毫米 ×1000 毫米　1/16
印　张　15.5
字　数　77 千字
版　次　2023 年 1 月第 1 版
印　次　2023 年 1 月第 1 次印刷
书　号　ISBN 978-7-200-17623-0
定　价　69.80 元

飞翔之姿（自序）

写诗，之于我就像一只长途跋涉的飞鸟。每一次飞翔，都是精神上淋漓尽致的释放和远游。收录在这本诗集里的两百多首诗歌，先后跨度二十多年。仿佛是一部个人精神的成长史。诗歌是最直接表达我内心隐秘的世界。如果说，我的小说是虚构的艺术真实，那么诗歌就来自我精神艺术的真实。

我在诗歌面前，在劫难逃。

《风和裙裾穿过苍穹》是我的第四本诗集。主要表达女人在困境中的挣扎，面对社会历史人性的思索和反思，以及进入平淡日子后注重的生活细节，全都情绪饱满地以诗歌的形式抒发了出来。第一辑《女人》和第二辑《岛屿》中的诗，就是我早期诗歌对女人精神世界的重要阐释。

那些年，我在夏威夷大学做访问学者，与那里的教授谈上了恋爱。他热情开朗的性格，以及我们在哲学层面的交流和对话，让我在思想感悟方面都有了很多提升。我的精神生活由此而丰富，不久他患了绝症，残酷的现实把我的生活搞得一团糟。在漫长的岁月里，我为有时间继续写作，还辞去公职，做了几年自由撰稿人。因此，女人的痛苦首先从内心出发，经过造化才能上升为灵魂的痛苦。

长诗《女性独白》，表达我在深邃复杂的内部精神世界里：一种痛苦精神的呈现，一种激烈的倾诉和抵抗，一种深渊般的精神救赎。其中，“一滴泪，打开一生的沧桑 / 我的脚印每前进一步 /

都开放成一朵血花 / 有谁知道我的独舞 / 凝重而浪漫　美丽而凄怆”。这样的诗句，如今仍然令我有疼痛如钢针刺伤心灵的感觉。

正因为有那么多现实世界、精神世界的痛苦，我的诗歌才创造着我的主体世界——精神内核。我总是在不断泯灭与不断自我认可中，将心灵痛楚的经验幻化成精灵般舞蹈的文字，进入一个全新世界。

如果说，我的女性诗歌是我的青年时期；那么，我对社会历史人性的思索和反思所写的诗歌，就是人到中年了。第三辑中的长诗《大西北》，以一种深色调的沉重，勾勒了历史沧桑图景。然而，它与《女性独白》是有着内在联系和呼应的。虽然题材不同，地理环境也不同，但精神内核是相同的。它是我创造主体世界的衍生，从自我到社会，我如鸟般飞翔在广阔的天空中。

在《古唐蕃道》，“我拾起一片青瓷 / 仿佛拾起一个远去的王朝 / 皇天后土 / 旌旗锦马 / 岁月深处有车辙的悲怆 / 谁为玉而碎？/ 谁又能怜悯那颗泣血的心？/ 青瓷划开的伤口 / 是一个王朝的伤口”。这里青瓷、王朝的伤口，其实都与《女性独白》中“我内心的伤口”相吻合。只是写这首长诗的时候，我就是一个诗人，没有性别意识。

在我的写作生涯中，比之小说散文，诗歌的年龄是最长的，也是最私人的。我总是缓慢地螺旋式上升，但从不放弃，仿佛内心珍藏着一个情人，牵手后的表达，就是那么情不自禁。

自从进入“新型冠状肺炎病毒的疫情年代”，我对生命有了更多的关注，但许多事情无能为力。我们都在面对和适应新的现实，虽然身不由已，却是写诗的好时光。这期间，我的诗歌题材基本是从琐碎生活中来的。所谓平淡中见真情，细节至关重要。

在《琴声荡漾——给小威廉》中："你稚气而又神秘的微笑 / 让我的慈爱细藤般缠绕。"还有，《安格林庄园》："我就生活在这里 / 青草的气味 / 滋养着不再年轻的我 / 却因为光 / 即使有一天苍老睿智的脸 / 也会穿越穹隆和浮云 / 变得意蕴悠远。"这些诗句常常盘绕在我心里，仿佛看到了我的慈爱，我将来的那张苍老睿智的脸了。

是为序。

2021 年 12 月 16 日于华盛顿特区

目录

第一辑　女人

第二辑　岛屿

第三辑　旅途

第四辑　风景

第五辑 经历

第一辑　女人

所有的墙壁都是路

生死都在路上

一、长诗：女性独白

赞美作为女人的我
和作为女人的我的灵魂

——安·塞克斯顿

第一章

1　祈祷

坐在椅子上的褐衣女人
神秘的微笑使我心神不定
我突然想起她托举鸽子的姿势
双眉间飘动着东方宁静

白云蓝天土地深处的呐喊
唤醒无边黑暗
一个被光阴伤害过的人
　　如真实的灯盏
我看见巨鸟依然在空中向她俯视
在秘而不宣的野蛮空气中
唯有拒绝意味着平安

我早已学会对人说一声：不
孩童般直率　我的眼窝盛满沧桑
　　没有多余的情感可供筑巢
梦醒之后的若有所知　独饮独酌
我不信永远找不回失落的心

让琴声收割黄昏
　　坐在椅子上的褐衣女人
神秘的微笑是东方的蒙娜丽莎
她永生永世的祈祷
　　有如宗教和信仰
　　有如她就是我的另一个自己

2　遐想

在刀锋上思考是智者的魔术
我不怀疑某种危险贴近肌肤
　　像泡沫溢满全身
我的眼睛半开半闭

梦如铁轨无限延伸
飞翔的天使悄然降临
锐利赤裸的灵魂预言者
　　在黑色风景里
　　如鹰超低空飞行

我将怎样瞭望苍茫大地
　　黄河母亲无尽的倾诉
丝丝缕缕　绕指绕心
秦皇、汉武、唐宗、宋祖
　　一代天骄　气连霄汉
无数英雄像沙砾像星辰
五千年悲欢与荣辱
二胡声缓缓涌流祖国大江南北

我，一个遐想的年轻女性
骨骼结构着完整的精神
所有的墙壁都是路
　　世界充满我的眼睛

风一程　雨一程
我抽出一柄煌煌巨剑
马蹄嗒嗒
巾帼不让须眉

3　闪电

我披散长发站在这里
　　与啼血的夕阳融为一体
死亡一样耐心地等待
宛如大海遗弃的岩石
我发呆　出神

一种不可抗拒的力量
摧毁惯有表情

所有的劫持在一瞬间
思想从遥远的边缘
划过一道尖锐闪电
岁月的鞭打比金属更冰冷
我将自己撕得遍体鳞伤
　　一句忠告，一篇箴言
风中的椰子树傲然独立

在遗忘中幸存下来
我的孤独绝无仅有
　　苍凉而且寒冷

我披散长发站在这里
残阳如血一点点流尽
空气中飘荡喃喃梦呓
面对被遗弃的岩石
我痛楚地感受
　　瞬间即是永恒

4　古堡

这里斑驳的台阶脱去伪装
这里红色的植物如火如荼

这里时光的风停泊在港湾

我从传说中来到这里
　　以女性沉思的姿态
寻找那些销声匿迹的往事
一种力量自天边降临
古堡啊，多少白昼痛苦的光
　　从你身上流过

聆听比诉说更可贵
　　我脚步绕着圈
屋顶射出的悲伤故事
在似水流年中浮现生命本质

一群蚂蚁忙碌搬家
一只蜘蛛辛勤织网
　　生死都在路上
我绕过九曲十八弯
我是一个真正的新女性

一面独立的女性旗帜
绝不会化为泥沙随风而逝
　　女人的一生
是否懂得自己的人生价值

一切生命都有可能蜕变
就像古堡苍凉的露水
曾经浇灌过多少肥田

5　火焰

那黑暗中火焰的脸
明丽、清亮，像太阳岛
沉默枯坐多年　今夜
你以一个女人衰老的速度写作

词语从血液里流出来
发出诱人气息
你的黑眼圈　在烛光下
　　如闪烁的星光
为世界命名

那是怎样的欣喜呵！
一支蜡烛燃烧的方向
深入火焰内心
你看见一缕蹿跃的烈火
　　足以消灭憔悴和枯萎

诗与思的结果
使火焰朝着河流的方向闪烁
　　而你的双眸

装满来自远古的悲哀与欢乐

刀刻的岁月　那些深层创痛
在你优美的注视中
　　成为无法忘却的记忆

第二章

6　雕塑

那些深奥面孔蛰伏着春天的惊雷
　　时间注视新世纪雕塑
太阳的刻刀勾勒岩石永生不死的躯体
　　刀斧叮当穿透亘古星座
我被宇宙一只让我顶礼膜拜的手派遣
　　一个女人开始超度灵魂

　　　　肩上的红蝴蝶
带来另一个世界的消息　我看见
　　你恒久的长眠之地
凝固成夕照最终哀叹一生的故事结局
　　我缝制纽扣一样的月亮
追寻逝去的光阴　你将被我珍藏在心里

　　　　素面素衣恬淡自足

我在风中依然守望着过时的青春与爱情
　　墙壁一样不可动摇的秉性
灵魂闪烁，昭示我进入更深邃的境界
　　　　我生命内部的奥秘
是一个飞翔女人通体透明的全部奥秘
　　　　面对雕塑
一块岩石走向另一块岩石
精神远离世俗、远离耻辱与羞愤
　　我自己拯救自己
在无垠的大野中呵气如兰
　　我置身于世界的极地
　　最终幸免于难

7　歌唱

此刻是野芥菜开花的九月
一个芬芳的浑身结满果实的秋天
　　它深藏的汁液使空气新鲜
　　它辉煌的欲望和火啊
就像鸟儿飞过春天和贞洁的古典时期

不寒而栗的日子，宁静和明朗也令人心惊
　　忍受秋日里最大的雨滴吧
我在萧萧落木时独辟蹊径
　　用诗与芬芳的关系舞蹈
天赐女人柔软身体　我弯腰如弓

埋葬夏天，秋天里我每天参加葬礼
　　风和裙裾穿过苍穹
　　穿过岩石搭起的门廊
我玫瑰山谷般的胸脯　是肉体凡胎的天堂
　　旋转在五彩缤纷的内心
我与灵魂对话

歌唱吧，秋天的意志为时间的手所雕刻
请不要一点点拿走我的日子，我的思想
痛彻血液的歌唱来自另一种血液
我不再哭泣、忧伤，不再害怕死神的降临

走在大路上，也走在躺满野花的田间
我透着女性气质的松软与柔韧
　　将一种词汇覆盖另一种词汇
　　　　鼓荡敏感窗户
把尘封已久的歌声袒露无遗交给无畏前程

8　母亲

当我沉浸在文字的海洋里
母亲的声音穿过黑色荆棘漫入音响
多年来，我已记不清具体内容
　　只知道你所有语言教会我忧愁
我的心像你，我的外貌和血液都像你

呵，母亲你这东方的美妇人
　　体现丝绸与翡翠的华贵之王
在你白皙的肉体上燃烧着迷人的荒凉
秋高气爽时节，你穿高衩的中国旗袍
　　以慈爱的心倾听每一个脚步声

我的脚步最初来自你的搀扶
摔倒是领受苦难遗产的开始
你让我以童真方式领悟一切
我一点点走向世界走向光明
将脚印砌起一座紫禁城围墙

现在落日圆号拖着低沉苍凉的声音
母亲，我要划着快船回到你的身边
　　回到你温暖的港湾
我的脑我的骨髓来自你的身体
它们是你生命的延续
　　是你的骄傲你的希望

9　广场

广场就是天空就是聚拢起人群的地方
一个人拾级而上
环顾四周人群就朝她拥来
她是燕式发型的玻璃钢女神
保持锃亮　保持观察视角

风中的手划过一片岁月
吹散又响起的声音
一丝厌倦　时间偶尔也有裂缝
就像一群野孩子追赶麻雀
　　唱着失传的民谣

空旷的广场空旷的人群早已散去
雨已经化入造景喷泉化入五彩水柱
　　广告牌俯瞰城市的欲望

回忆穿过季节的风
　　穿过缓慢而广阔的浪谷
唯有玻璃钢女神如水晶浴罩里的美人
使人们回忆起广场
掠过历史和传奇的声音

10　思索

任何力量都来自思索后的眼前一亮
任何事物都通向辩证的上帝
在生命途中
即使凋谢的玫瑰也让我喜欢
我在睡梦里喊出玫瑰的原名

一面诗性飞翔的旗帜

思索受尽折磨
我是语言的奴隶却备尝幸福的泪水
爱是一种不可思议的东西
我心甘情愿奉献青春和生命
因为灵魂是生命的主题
我与自己交谈不能没有思索的日子

习惯是生命存在的最自然方式
我愿意在一场透明的雨中演讲
在时间面前我庆幸是一个思索的人
生命之钟的发条
在身体之内越拧越紧
我听到内心在呼喊：
救救虚无中的一切女人和男人

第三章

11 独舞

我成为使命的载体翩翩起舞
把痛苦酝酿成健美线条
一个陷入深渊的魅力女人
舞之魂在扶桑树下凌霄而上

我柔软如水的洁白羽毛

　　被你轻盈地托在掌上
美丽的形象化为诗意
我鼓动血液潮汐容纳世界
灯光下，我飘飘欲仙
灵魂的影子如此炫目

我是温柔高贵又孤傲的女人
我的森林种满月季和玫瑰
芬芳中，一声尖锐的叫喊
　　透过碎镜中的薄片
我看见你生命的蹒跚
是多么忧伤

现在，秋风正在下沉
我的忧伤比你更忧伤
雨水潺潺中，我飞翔的天使姿态
盛满一种惨败

炉膛里的虚火还在燃烧
我要去哪里？我又能去哪里？
　　看透了的世界需要支撑
我在时间的空洞里
孤独感潮水般涌来

一滴泪，打开一生的沧桑

我的脚印每前进一步
　　都开放成一朵血花
有谁知道我的独舞
凝重而浪漫　美丽而凄怆

12　劫难

那天一群声音刺伤我
有天地做证，我一个人悄悄退场
在消失的钟声里收集往事和云烟
我目光锐利地回到内心
　　怀着永不悲伤的心情
沉默无语　将伤口高高托举

它们流着夸大的血，一个瞬间
战栗或者欢畅　复仇雪耻
以更多微弱的病菌种植一份肝胆
我是一个心高气傲的女人
　　独自往返于黑夜与白昼之间
除了与自己的生命搏斗
还要与自己的头颅进行超凡的较量
　　一个女人的智慧穿越疼痛
在浅浅的岁月中摇曳

我的思想铮铮作响
像一只鸟衔着自己的羽毛飞翔

　　虚无中的真实
我要抵御侵略者的破坏
一种生命内部的行动
　　在默默不断的坚持中
血脉里怒放的诗行
宁静而纯粹

我在劫难中
坚韧悲壮又浩气凛然

13　声音

当我停止思索的时候
由唯心回到唯物的花园
红玫瑰追随我
直到另一个世界的出现

风在啜泣，鸟儿在某个时刻的旋律
疼痛如钢针一样刺伤我的心
还是重新回到生命内部吧
内部不断有思想的火焰飞出
就像一扇窗户惊扰午睡的白云

我的声音减轻了孤独的重量
一些想象如幽灵般舞蹈
一些愿望凋谢，仿佛它们曾经饱满

如蓓蕾，吐过蕊，接受过蜜蜂的爱情

我，一个写“人”这个字的女人
　　用尽声音喊出诗性飞翔
以楚辞里最古典的花瓣
酿一身高洁风骨
　　让尖锐的思想
拒绝堕落　拒绝平庸
渴望饱满的灵性歌唱一生

14　音乐

学会在音乐中徜徉
我弹奏钢琴像是抚摸一种温情
　　又像是情人的手把我抚摸
我如此绵绵深情
　　只因为爱天生的爱
让我宽容许多事情

然而，我的爱绝不仅仅是爱情
它包容一个女人所有爱的本能
　　空气中的血液
尽管有爪子撕扯我
让我痉挛、陷入痛苦的深渊
　　但生命不止爱就不息
这是人类的法则

我，一个女人因为疼痛
喝着自酿的音乐酒
冷风飘在脸颊上
　　我的微笑像一座废墟
　　我的双眼睥睨一切
我奏响的音乐
　　与我裹着露珠和尘埃熟睡

头颅，我的头颅以何等的重量
期待一个法治的明天

2001 年元月写于杭州“天水斋”
部分章节发表于《中国诗人》2002 年第六期
部分章节被选入《诗选刊》2007 年第 4 期

二、秋季

1

在你的无泪船中爱你
我穿过手掌的风
　　不惑之梦一页页翻过
曾经沧海
如颂歌般弥漫

又是一年秋季
我触摸梦中的你
　　越过记忆奔驰烈鸟
在薄暮合拢之际
　　我们展开双臂
弹拨往事尘埃

海雾整夜飘进来
一种深入的飞翔　穿过火
我们因孤独而相依
　　又因孤独而独处

这是我们的存在方式

命中之弦
一种无法改变的状态

2

从一道虚无的指缝间
我看见你猎猎秋风的背影
抚过果园成熟芳香
　　流浪者的姿态
水晶酒杯注满漂泊

何处是你的家园
绕过一个季节　又一个季节
寂寞在芒草中间疯长
很多时候，你面对大海
爱之船里载满再生玫瑰
颤悸的火焰
于岩石和水中微微呼喊
一个发抖的名字

我知道这是真的：风的手
牵着我　我感觉着你的感觉
柳树和海贝的语言
穿越太平洋
　　使我们彼此的岛屿
沉入平安睡眠

3

清晨的花园
睡眠在布谷鸟的啼声中
破碎
生活在你的岛屿上　我多么安详
不再流浪　不再惊惶
满天彩虹烟雨
并非虚幻童话

我们度过四十天浪漫时光
海边沙滩，一个季节的沦陷
小码头伸入清爽天气
驱散你以往的忧愁

这是生活的另一种真实
如今彩虹谷的风
　　是我一生一世放不下的牵挂
我于无声处的情怀　如蔚蓝海边
古老深邃的棕榈树

4

沐着秋阳鹅黄
我倚立东海边
永恒的手掌握紧忧伤

泪弹进深秋
一滴水照亮孤独

一个人要经过多少磨难
才能懂得爱的真谛
我知道海的沧桑
是一种博大的沧桑

谁说没有永恒的爱情
刻骨铭心的思念和等待
人比黄花瘦
我忠诚的伴侣
海风吹拂我长长黑发时
一架形同犀鸟的琴
奏响一曲歌
催我泪如雨下

5

在斗转星移的天空下
有归鸟之翅
一声嘶哑的鸣唳
魂销万里

那是我飞翔的灵魂
当颂歌停顿之后

我看见你独对秋风
发如飞蓬　衣袂静谧

漫山遍野的彩虹花
在山脚处的那一朵
忍受比路灯更漫长的寂寞
　　但它依旧艳丽无比

许多过客可以拿走它的灯
　　拿走炉中火焰
却拿不走它花中之魂
傲洁的蕊

现在归鸟已栖息你的屋顶
我在风声如箫中
呼吸着你的呼吸
血液因奔流而燃烧
我　如蛾向火
　　一声呼唤
裹着的白霜纷纷凋谢
秋已远去
我们在冬日里互相取暖
进入平淡日子

写于 2000 年 8 月 17 日

发表于《诗林》2002 年第 4 期

三、红鸟

1

我睡在屋里斯守家园
灵魂的鸟　翻腾着
红色羽毛飘过来
目光充盈
我的归宿在很远的海面

天气晴朗的白昼　我写小说
与人物一起流浪城市、乡村
大海中颠簸的命运
恐惧感与日俱增

放下手中的笔
我披上红色外衣
在街上　在蒙蒙的细雨里
默默地走着
一个世纪的舞曲

心在荒原中沉寂
城市的废墟

多少啁啾红鸟
被弹拨的手击毙

我默默地走着
记忆在某种旋律中丧失
向前　一直向前
向着大海一望无际的澄明
我的翅翼
在排箫中脱颖而出

2

书桌上乾隆年间的古铜镜
一天天守着我的独处
整整十五年
只要风一动　痛苦就包围着我

从未放弃美丽的抗争
我伤痕累累的羽翼
在挣扎中抵御侵略者的袭击

艺术是永无止境的航线
坚实　硕大　优美的果
生长在开满荆棘的花园
苦难是它们的肥料

我的眼睛生来如此
智慧而且妩媚
诱人的光亮出于自然
天生丽质

然而　美丽也是一种罪过
我并非生来沉默
蚕丝一样纷繁的纵横交叉中
某种非常时刻
沉默便是一种抵抗姿势
一种有力度的声音

3

我在汉字无边的梦中苏醒
冬日料峭寒意
　　使绽裂的手
如一只溃烂的果子
勤劳坚韧的女人呵！
　　用文字堆成肉体
不亚于一座神秘的金字塔
月亮的宝石　嵌入指环

在书卷做成的褐色门闩后面
一触即溃的蓝色洪水
淌过新旧石器，我激情的杯盏

盛满青铜语言

挽住青春火焰的心
红色忧郁鸟
孤寂幽深的翅膀
最终飞升为神圣

4

黄昏时辰是超凡入圣的时辰
风声掀动　空中花园
像神秘的深海广场
我屏息倾听　鱼群闪耀的鳞片
发出腾跃的声音
尘埃落定
这赤条条的精灵召唤星光

幻想琴瑟　一个弹拨的夜
超度日子

在比天空更浩瀚的光辉里
每一片树叶蓄满宁静
我最孤寂时光
越过冷而锋利的刀

洗练心的尘埃

保持冰清玉洁
我思念太平洋上空的蓝鸟
它翱翔的姿势
万古如斯

5

从流浪到流浪
漂泊度过一生
　　是件不容易的事情

晨光在海面上舞蹈
棕榈树缱绻的爱
蔓延生命花朵
心灵的居所却依然孤独

无人能够对话的局面
　　是灵魂掉入深潭的境界
一根救命稻草
　　支撑我全部重量

诗歌是我血液中的血液
晦涩时节
它是撕裂白昼的鹰

一枚刀片划出伤口

孤高枝头
　　滴着血的语言
如穿过苹果的子弹
　　够我享用一生

6

海滨空旷的沙滩
是我生活的另一个章节
感谢阳光
　　以无私的奉献　沐我

我是姗姗来迟的女子
火把点亮一潭死水
　　点亮苍茫渔舟中
一盏孤灯

风在吹拂
吹过古老生灵的骨骼
吹过芒草尖上的露珠
我婀娜的脚步
　　引来一岸进退潮音

仿佛是海龟抓住的语言
　　倾听与诉说
灵魂合唱的鸟

飞过远山深沉的暮色

7

让我们回到田野
回到禾苗、蛙声和蝴蝶的乐园
　　勤劳朴实的农民啊！
在树根般裸露的田埂上
重归平静

锄头一上一下　亮出丰收果实
我看到大地之血液潺潺流淌
我触到大地之脉搏勃勃跳动
　　祖先遗下的产业
积淀着历史的呻吟与疼痛
牛在风中哞的一声
　　如此纯粹与忧伤
土地土地
　　是我千秋万古的母亲

8

十月怀胎
我的呕吐如岩浆喷发
日渐隆起的山脉
一个新生命就要诞生了

这是盼望已久的等待
阵痛　一阵阵痛
伴着哀怨与幸福
　　生命通道
正在一指指洞开

产床宛如破浪航行的船
白衣水手握住时间口岸
屏息倾听　陆地上的第一声啼哭

我的孩子　小小的孩子
你的歌喉来自我的疼痛和疲惫
你是我的幸福
我生命中的生命

9

我孤独地噙着梦境
醒来　门外寒冷的铁片切割着雨
声音就像叫喊的石头　三年半
我曾在干旱的牧场寻找过水
红翅膀扇动黄昏
　　流血的手指沧桑早早走来

有如彗星一瞬的你
　　带来的黑暗比黑暗更黑

世界的质地突然生硬

　　不出家门也会遭受风暴

空白使想象丰富

也使所有的日子逊色

就让雨哗哗地

　　灌注我　销蚀我吧！

不可企及的高处

灿烂的钟声为我敲响

玫瑰盛开　红鸟像睡莲被惊起

明天我将回到很远的海面

写于 2000 年 8 月 22 日

发表于 2001 年《扬子江》诗刊

被选入《诗选刊》2008 年第 5 期

四、组诗：热爱生活

1　八月

八月　烛影摇红的季节
灵魂飘香　词语抽打着记忆
　　飞鸟栖于正午

琴心如烟的女诗人
曼声长吟古老的法兰西文
玉立松庭　梅腮绯红

一天自钟声开始
　　在处女般的丝绸上
我被玛拉美的曼陀林唤醒
渴望到达事物本身
源泉的核心

于是，八月的嗓门
火焰之唇　舌尖上的措辞
注定要升华为蓝色的光

2　保卫爱情

我带着爱心守候
　　长满藤蔓的荒野
虫鸣与风声
　　都在这里留下回忆

曾经在你优美的诗行中
触摸温情
一句句带来阵阵尖锐的疼痛
我泪满衣襟

许多个清晨出现幻觉
你穿着漂亮的夏威夷衫
　　以酒的力量越过太平洋
在无垠的大气中
将我的眷恋和向往深埋于
　　宗教般的土壤

你的誓言早已刻进血液
　　一道饥饿的闪电
进入极地
八月火烧的日子
一夜大风运送我的孤单和寒冷
却留下赞美、歌唱和抒情

呵，那是因为柏拉图的手

　　使我们纯净的血液和爱

不断地沿着生命攀升

3　消灭忧郁

雨天是忧郁的日子

整整一个下午

我怀揣多日想法

徘徊在“天水斋”书房

排山倒海的书籍，让我脸色苍白

风在窗外舞蹈　重担和责任

　　堆积在白纸黑字上

这是我唯一的选择

灵魂像飞碟

一柄生锈的短剑消灭忧郁

驱散弥漫在额头的乌云

我品尝一杯新茶

感觉新鲜

　　燃起勃勃激情

4　一个清晰日子的记忆

风景中你的思想

从匍匐而行的电话线里传来

　　就像你在二十年前
年轻，它们在活跃的空气中
年轻，在阳光中散步
穿着夏威夷衫弯身去触摸什么
　　今天心灵的气候晴朗

今天空气中密布着海洋气味
海的意义在我们上方流动
　　我们仿佛又回到从前
从前，在那浅浅的风景中
我们感觉又感动

5　西窗

落日西窗下我笔尖上的哲学
　　在书案传递一道风景
那是一个写作者的形象
在所有的孤寂岁月里
我只剩下冥想的头颅
　　还时常如一阵烈雨般鞭笞
大地的良心

这就是我多年生存的方式
如今　你与我心曲款通
　　灵犀一点
你说你喜欢我西窗下的“态”

像一株谦恭而茁壮的树
那么我们在看不见的视线里
彼此相对
西窗是否变得更明亮?

6 隔海相望

那年春天你轻解我的衣衫
我就是你梦中的蝴蝶
海水俘虏了我受伤的翅翼
我们从此勾勒世界
在不可触的激情里
你为我指点迷津

而现在，时间的脊梁上
我以湖水流动的姿势
远眺你从湿漉漉的芒草尖上闪现
这一刻你靠近我
带来珍藏的五谷杂粮
你欲为我度过荒年

万里之外夕阳退居的瓦下
炊烟正渐渐遮住美人
我愿藏在冬日枝丫的雀巢里
等待远方的砍柴人
在时光霍霍的刀锋下

一阵马嘶般提前来临

7　与自己交谈

从一间屋子到另一间屋子
　　所有的门都为我而开
太阳落到西边的墙上
我与自己交谈
一片凉风夹带着时光从门外吹来
　　所有的日子都如一日
衣服、睡眠、书籍、纸张还有钢笔
我的好伙伴
　　你们都懂得沉默是金

计时器站在钢琴上
我的爱人在海那边
爱情早已熨平了他孤寂的皱褶
他与自己交谈
一阵海风吹散多年的愁肠百结
　　每一个日子都有新意
教书、游泳、写诗、碟片还有白色凌志车
他的好伙伴
它们耐心地陪伴着他

8　水稻

在田野　阳光是好的

　　每一粒稻穗
都是一句方言
宛如布谷鸟的歌声

向前一步跨过水洼
镰刀与农人弯腰的姿势
　　真实而具体
风送来水稻的芬芳
谁还珍惜一粒稻谷?

有炊烟袅袅飘来
大米在掌心静谧、简洁
贯穿生命和死亡

于是，热爱生活的智者
坚守家园
为自己的每一天祝福

9　抵达深处

在水汽浓重的上午
揉着双眼
一种思想抵达深处
我听到内心的响动

妊娠与贫困，以及他们的怪癖

走进两百年前的高墙
啜泣的孩子
　　饥饿像黑暗一样
正从心底缓缓上升

我丢下几枚硬币
仿佛每一滴血都在渴求
我侧耳倾听
在酷热而布满蒸汽的草尖上

窝棚的草席已破烂不堪
　　这是另一种生存
底层的悲哀
　　使我想起上层建筑的悲哀
两种不同的悲哀在我心里碰撞
上升为对人类的悲悯

我默默无语
蝉在树上吱吱鸣叫
命运之神
使我们忍受撞击和抚慰
　　习惯已有的生活

10　老街

当我处于老街之中

昔日的苍凉难以掩饰
　　如一道阳光划过记忆
我已经忘掉许多人
　　但没有忘掉土地和鲜花
那是钢针戳进脊椎的疼痛

我穿过狭窄的街
　　一只蝴蝶的翅翼
舞破寂寥
不仅仅为了活着

要么去留守爱情庄园
　　或者用思想喂养一首诗
歌手的一生
宛如深沉河水
离不开老街苍凉的塔影

11　意义在玫瑰之上

什么颜色的玫瑰都不要紧
一束芬芳是我的开始和结束
我无法逃避命运，尖锐的火焰
　　在最美丽的海面上舞蹈

你是撕裂白昼的鹰
　　深入众鸟部族

玫瑰的花蕊
失眠于焚烧之夜

请原谅我的任性刁蛮
　　那不是故意的
一个大时代危险的蛋卵
正在高处俯瞰

越过梦境中冰冷的刀锋
我化妆、卸妆忙忙碌碌
真理和智慧
意义都在玫瑰之上

12　书卷

书卷在八月追随着
直到意义停滞的年代
直到景泰蓝亡故的夜晚

光线在灰烬暗淡的头颅聚集
怀里的书高得像山
　　饥饿是火的粮食
小小旅馆
　　黑衣女人的来者
避开繁华喧闹之地
走进闪烁智慧之光的无声集市

麋鹿高卧于花之树冠
皇帝禁苑里
死于弹拨中的鹤
　　以及一次难得的冥想

书卷上的文字寂寞孤独
预言来自梦中渴望
　　我穿越八月豹子般的夜空
面对诗歌和大海
如潮的往事　踏浪而来

13　劳而无获的日子

我每天整整工作十个小时
有一半以上时间
　　劳而无获
一杯滋润嘴唇的龙井茶
在案头积满尘垢　　我
疲惫的视线　捉摸不定

该怎样对待劳而无获的日子
该怎样摒弃虚妄无凭的感受
坚守自己意味着拒绝庸俗
我无怨无悔

继续这样下去吧!
以一种独特的姿态
　　使劳而无获的日子
不再成为难题

14　思念

思念穿过季节长廊
落在你清澈的眸子里
　　那曾是我的溺水天堂
你可知道
　　那些风花雪月时光
记录着绿肥红瘦的往事
一丝又一丝
思念或者忧伤
我们是否都已成为　一棵
风骨的树?

15　辽阔胸怀

在旷野上　听夜的声音
从深渊升起
人生旅途中，一个人成长
　　另一个人就退下
轮回的生命
许多事情妨碍人之博大

谁不想常驻辽阔胸怀?
一株浸透了汁液的树
最容易对生活感恩

我在林中眺望黄钟大吕
巍峨的塔顶
八月、八月
是我灵魂飘香的季节

写于 2001 年 8 月

第二辑　岛屿

在深渊中舞蹈

我舔着自己的血

五、组诗：一个人的岛屿

1　岛屿

在我自己的生命中
　　一个人就是全部
我沉重的思想
虚无，除了
在那颗心的宇宙中
我是自己唯一的王
统率千军万马
遥远，但仍近得足以唤醒
今夜床头上方的琴弦

2　冰冷的刀锋

从天上掉下的月亮
　　就像一把匕首
它冰冷的刀锋刺向我
每一个深夜
我触摸它，并不畏惧

冰冷的刀锋
刺向我的脖子

刺向我的心脏

我剖析自己
反省自己

血，流淌在一片荒弃的沙漠上
第二年春天
我看见沙漠变成绿洲

3　女诗人

下雪了，深夜的窗外一片白光
我躺在嘎吱作响的床上
躯体空壶般倾注忧伤

我，一个中国年轻女诗人
飘扬的黑发
像旗帜独竖
寒冷，每一阵寒冷之后
我便是自己的女人和男人
欣赏曲线优美的裸体

然而，你要我为人所知
除了贫穷，还有坚韧和主义

我正遭遇一场疾病

那些抽屉里的创伤和绝望
一辈子将把我摔在孤寂中
我只好用笔刺破岁月……

4　闭上眼睛

闭上眼睛　这黑夜里飞舞的光
如一只倏忽而过的鸟
在记忆的轮廓里深陷
谁能倾听尘封已久的忧伤？

没有人走过　孤独时光
苍凉的冷月微微鞠躬地敲击窗棂
像鱼钩吊着我的喉咙
喊不出声　但可以沉思默想

这就是都市气候里的另一种风景
艺术正在收集精彩的苦难
我独自一人　独自一人
宁静普通得如一只风筝在空中飘荡

5　一个忧郁的女人坐在画中

你保持早年优美矜持的形象
在黑夜里仍有隐忍的泪水
凝固在白色衣裙上
难道没有温暖便是无望？

五月的雨穿过阵阵风铃
你呐喊着如闪电下孤峭的雨夜
既惊心动魄又凄美如画
冰凉冷漠的日子
只有自己抚摸自己心灵深处的伤口

我在浮华的歌声中穿越街道
为你祈祷为你真实的生命涂抹色彩
　　可你依旧忧郁地坐在画中
如一束永不凋谢的白花
致命般冷艳地盛开着

6　琴韵心声

在晚霞烧尽的夏天
你喜欢看我忧郁地
轻轻打开琴盖　弹响人类
　　极富于性格的一章

而我的探索是艰难的
很多个夜晚　面对钢琴
莫扎特、肖邦、贝多芬的身影
如归来的清歌　他们依次出现
被震颤的究竟是你还是我?

真没想到　由于他们的力量
我已难以度过——
每个没有音乐的夜晚

这是一种说不出的隐忧
你看生活已使人改变不少
从天真到成熟
琴韵心声　你侧身在黑夜里
看我奏响一个雷霆般的风暴

7　在月夜净化心灵

似乎是那一个月夜
一种心情像旗帜
舒坦而快慰地飘荡
我想那是洗一洗的欲望
在夜色料峭　烟尘漫布的瞬间
我把灵魂的污黑洗净

现在　一阵风吹入我的体内
如霜的头屑纷纷坠落
我敢说　我年轻瘦弱的身体
将圣洁起来　芳香四溢

8　红玫瑰

这一束火红火红的玫瑰

以挥动力量的手臂
包围着我　恍若一种神秘气息
舒缓而晴朗地
　　把我卷向命运的拐角

这是一个多么令人激荡的日子
因为你的到来
我所有衣衫里的孤寂岁月
　　都像繁茂摇曳的铃铛
响成一派比血还浓的红色
在这年的十二月十五日
　　我的体内又开始
一点点燃烧起青春的火焰

9　走出山冈

走在这样陡峭的山冈上
飞舞的阳光向我诠释
你是小草　有岩石的力量
像我心中一匹驰骋的骏马

而我仰视天空
似乎纯粹的语言不为物役
只有精神麇集了我的舞蹈
你说我是一部书
只翻开了憔悴、枯黄的那一页

生命的痛苦又何以说得清楚
博尔赫斯，还有里尔克
他们时常在我眼前若隐若现
阅读的艺术啊，就像饥饿一样蔓延
我深居简出有如都市里的归隐者

10　乡村笔记

我在村野漫步，夕阳掠过田垄
蛙声如歌似潮唱出淡淡的忧伤
　　使我骤然间泪珠卡在眼角
我没有忘记，很多年前的满腔酸楚

不是我不大想起这村野的芳香
　　而是生活以不经意的方式
改变着人们的心怀
我在想我的所谓写作事业
比起今日的乡村大地
　　是否越来越苍白渺小？

时间在田垄上鞭打着我的内心
面对寂静就像面对一种爱情的思慕
我忽然有写一首诗的愿望
让怀念滑向无声的白纸

11　无名花

三个红色花瓣浮动在一片翠绿之上
没有别的人可以发现
你细细的花茎花瓣就从这里生长

每一瓣都相隔很远
每一瓣都凄艳无比
你小小的开放
在冬夜里收藏着满腹心事

过去的等待也许太多太久
谁也无所闻　像一团燃烧的火
你看你慢慢焚烧着自己

窗外的雪花冷冷地落着
我要把你请进屋来
这雪天的邂逅呵！
我只要你的内心活着
在这个繁闹的人间
你凄怆的美丽让我泪满衣襟

12　另一种残酷

那一天夜晚我神色黯然
银亮的指甲如鳞片

切割冰凉世界　而我
必须忍住这样的疼痛

人生本来
就是生也艰难死亦难
在权与钱的狭路
莫如甘心情愿背负十字架行走

沿着嶙峋的河岸徘徊散心
物价香水陡生几对翅膀
掠过城市的天空掠过我的头顶
我昂首远眺
一个人的腰包半路被劫

一种生命的愤怒
带给我阴郁和失败的另一种残酷

13　落日

当一缕幽光斜落下来
我们身上的重量
就如同一座巍巍山峰

它给我们以神圣的姿态
那些伤痕累累
所引起的深深隐痛

蕴藏在心灵深处

没有人能使它感悟
　　落日的绝望　是
一种无与伦比的壮美
一种遥想死亡的距离

1996 年写于杭州“天水斋”
1996 年分别发表于《诗刊》及台湾《葡萄园》《秋水》

六、组诗：春色之姿——致 C

1　去上海

穿过广场
沥青的路面涂满橙色
我走进车站
四月，海绵般饱满的心情
春意阑珊

在网状般的林莽间
梦境载着一座城市的阳光
我游离虚无
一个声音从内心升起
箫声般如丝如缕

我手掌的气流
如灵魂飞越车窗外
前方是灯塔
海潮中若隐若现的森林
护佑着我稀薄的羽毛
我，孤单而蓬勃

2　校园

四月，与你的背影重叠
梦幻般的河道里
蛇的翅膀掠过草滩
我触到了你的心迹　在校园
古老的白玉石洋楼前
思想在走动

微风吹起的时候
说起从前时光的学堂
仿佛古人结庐的心境

一条藤蔓穿起岁月
蜿蜒中的默契
飘忽的精灵　宛若
　　星子跃过河界

我目光低垂　战栗的指尖
拨动琴弦
这春天的晌午啊！
芳草连天

3　书房

在河流之上，在云朵之中

这宁静的幽谷
紫蓝色的空气把我消融

四壁是无声的灵魂
庄周翩翩起舞
东篱下的秋菊　让我冥想
山冈　明月　流水　西风
我悠然于外，倾听
　　你磁一般的嗓音
绵密如丝雨

我开始领略一种风采
古典的情韵
　　优雅地凿穿世界
我磷火般的眼睛
　　鬼魅般的脚步
在你的城堡
精神的羽翼腾空而飞

2006 年 5 月 29 日写于杭州
发表于《星星》2006 年第 11 期

七、组诗：倾注秋天

1　空藤椅——致巴金

寂寞的老竹藤椅空了
　　不再嘎吱嘎吱
你随着东海之浪走远了
海面上的玫瑰花瓣
宛如你从前的血和泪
多少人无语哽咽　泪潮
空前的波涛轰然逼近
一种倾倒，像叶子一样低头

寂寞的老竹藤椅空了
星斗泯于秋天
泯于红瓦上淡淡的浅霜
从清晨到清晨
风声禁不住水的呜咽
绚烂的一瞥
你圣洁的光芒依旧洒满大地

寂寞的老竹藤椅空了
雾霭拢住我的前额

却拢不住我看你深邃的目光
说真话　心灵像天空一样坦荡
我满怀敬意
　　让呼吸透过海水
震颤的嘴唇，以及手语
都在为你祈祷

2　在音乐中倾听——致 C

维瓦尔第的音乐如雨丝般倾诉
从夏天到深秋，重逢是一种缘
我端坐的姿势让血激动不已
朋友啊！你飘蓬的步履
马蹄声声　一声嘶鸣
那是一种精神

无数次在纸上穿梭
你山脉一样横陈的书籍
让我枕在书中，寂静时
我听见脉搏的旋律

此刻，你就坐在我身旁
我却不知道如何言语
纷扬的音乐如水般流淌
一种思想　一种和谐的空气
在葱郁的树林之中

每一盏灯火都像一个梦
而我用一个梦，诠释另一个梦
一种心仪相倾的沉默
穿过钟声让天空远逝

3　独居

深秋的冷风掠过眼睫
我恪守独居
　　就像城堡中的女王
酒、诗歌与器皿
这俗世生活中的光芒
让我幽闭如花

西边窗棂前的蝴蝶
斑驳羽翼
曾经颠沛、流离、饱尝辛酸的泪水
回溯一生
一种疼痛像伤口一样溃烂

我静静地从风中走过
没有惊惶、没有悲伤、没有绝望
幻想的衣袂翩翩而飞
　　月色中举高的酒杯
带着我苍凉的耳轮
仿佛大彻大悟，我

　　一个人的舞台
是否寂寞而崇高?

2005年11月27日午写于杭州
发表于《诗刊》2006年2月

八、组诗：白桦林

1　迎接你

爱人，用我的怯懦和木讷
还是用我的贫病、拙笨
——以及那颗早已苍凉的心
迎接你

我患幽闭症多年
浑身上下连膝盖都是苍白的
日子像发霉的谷粒一样
　　在不声不响中划过

我需要阳光，而你
不仅仅是阳光，还是大海
你像直射北回归线那样把我照耀
你像海宁潮般把我淹没

我心里满满地塞着你——
你的苦难、你的笑容
你的忧郁、你的眼泪

像地平线迎接曙光
我积聚起火山爆发的勇气
迎接你，我燃烧自己
我们燃烧自己
愿化为一缕烟
飘没了

2　倾听

我足不出户守着电话
铃声骤然响起
　　如同空谷足音
我俯下身来倾听

已失望过一千次
不想再失望第一千零一次
我把自己裹得严严实实
心像一座教堂
那么虔诚又那么茫然

窗外的雨
仿佛是我即兴弹奏的音符
它伴着你的歌喉
做一次深邃的旅行

我知道生命无常
　　谁也不能保证什么

只有灵魂与灵魂的碰撞
才是唯一的出路

3 那几天

那几天蝴蝶斑纹里的黑夜
飞上我的肩膀
像宴席与酒杯之间
喧闹中的宁静
灵魂在翻腾中飞升
我感觉着你——
　　辉煌成一个国王

这是一种绝无仅有的狂突
神圣果里流淌着爱的源泉
汩汩不息
仿佛从这一辈到下一辈
心在太阳系的深渊泅渡

我的眼睑与夜一起闭上
倾听着鸥鸟又一次扑扇着、寻找着
——大地之门。于是
爱，像长满嫩绿的期待
　　火焰丛生的湖泊
在低吟中歌唱
你已把我辉煌成皇后

4　白桦林

在一片白雪覆裹的白桦林中
你的步履缓缓向我走来
我该如何面对那一双忧郁的眼睛
　　以及思索中的你
沁凉如水的秋夜
燃烧中的火焰　使你
战栗的双手溢满飞翔的精灵

吟唱吧，吟唱那首序曲
从孔雀的羽翼开始
让音符洒满茂盛的原野
让醉鹰在天空飞舞
你敏锐的神经　跳动在
白桦林的每一根枝杈上
凄美、哀愁
还有优柔的情愫　是那么
深沉、雅致
明亮、委婉
我难以破译它的全部

呵，寂静的白桦林
你使个体变得丰富
你使苦恋具有刻度

我微微灼痛地感觉你
像火焰穿过嘴唇、水和月亮那样
不朽的艺术来源于痛苦的灵魂
　　和无边的寂寞与孤独

5　想起普希金

在芒草丛中的你
是一个年轻思索者的形象
它让我想起普希金
　　想起燃烧的高加索
我惊愕于瞬间的感觉
久久地伫立

没有想到相遇就握在你手中
你让我玫瑰般的心房
种植诗句
让它们像光芒的利箭
　　呼啸在山脉之上

现在太阳如刀刃　已进入
冬天的心脏
爱，喷涌着鲜红血浆
你不畏惧
你旷远与深邃的目光
懂得什么才是真正的——
赞颂、光荣和绝唱

6　蚌壳里的珍珠

你像太阳那样照着我
即使我是蚌壳里的珍珠
寂静中也会感到热烈
　　尽管我的门紧闭着
但从此不再发霉
不再长出蘑菇和木耳

我会在黑洞洞的小屋里
一行一行地写诗
像吐血一样，我等着你的到来
此刻，你那边一定在下雨
屋顶湿漉漉的，你不寂寞
　　只是有点儿困惑
唉，怎么办？
嘴里的珍珠怕溶化了
　　又不能让它回到蚌壳里

必须用百分之一百的真诚
即使遭遇一场大风
　　也要在风里走一走

你像太阳那样照着我
百分之一百的真诚
我，蚌壳里的珍珠

敞开它的门

　　将永远为你而闪亮

7　红玫瑰

卧室里的玫瑰擂响了子夜
花瓣在音乐中奔跑
今天，注定又是一个难眠的日子
看着轻摇的叶片　它们
顷刻宛如蝴蝶双双飞窗而过

　　而我像裹紧花朵的红玫瑰
薄弱而娇柔地倾诉——
哀愁、恩怨、道别和祈祷
　　这是必修的功课
我的神经战栗在茎叶间
　　晕眩于烛影摇红中

爱，就像把黑夜唤醒
就像火与燃烧的物质无法分开
鬼魅般的红玫瑰　愿意
　　花朵儿燃烧成焦黑
　　燃烧成一条静谧的河

写于 2002 年 10 月

发表于 2021 年《中国诗人》第 5、第 6 期合刊

九、组诗：因为你而辽阔

1　伤口

天色已近黄昏
大海像刀刃一样锋芒闪光
切割着陈年旧事　伤口
吞咽不幸和艰难

我的微笑遮盖疼痛
静默中　鸥鸟的磷火升起
心在一只柔情的手臂中醒来

海风吹拂岩石的静谧
吹拂夕阳下金色的烟尘
一种声音喷涌而出
打碎神性沉默
夏天无边无际

拔掉扎疼我胸膛的毒刺
我的翅膀穿越云雾
　　以飞翔之姿
倾听黎明中的涛声

大海以无限的爱怜
泛滥我的血气
让我的伤口瞬间无影无踪

2　生命

街道如同荒凉的海岸
微微拱起脊背
带着海的神秘和力度

我轻抵冰冷石壁
宛如闪着鳞光的鱼
灵魂远游，疼痛像一辆救护车
呼啸驶过人群

现实中的残酷
如同花朵被击碎在褐色礁石上
我的心凿出一个洞
忍受黑暗　我
　　孤独又傲慢

宁静于心脏突突跳动中
大海垂下的手臂
　　将以最坦荡的语言
阐释生命永恒

3　写作

通往海滨的路
盛开着曼陀罗洁白的花朵
我的心，在你夏天的臂弯里
阳光亮晃晃
　　四周多么宁静
沙沙的笔尖
让思想顺着风穿过高耸的塔

心与灵魂的漫长撕扯
在深渊中舞蹈　我舔着自己的血
熬过雪夜，熬过无助和绝望
苦难滋生的玫瑰
幽香馥郁
月亮跳进我的窗棂
　　像是一种鞭笞
我慢慢饮下尖锐中的锋芒
　　　饮下饥饿与疲惫

大海在喧响
一座孤独的岛屿
因为你而辽阔

4　失眠

星空下，女人芬芳的柔情
在幽蓝深邃的夜空
所有的睡眠被洗劫一空

灵魂的禽鸟
飞旋在天花板上
　　弄出斑斑驳驳花影
我闭上眼睛
暴风雨从海上飘来
掠过我燃烧的火焰

四壁悄然无声
我在黑夜里独醒
一滴泪朝圣另一滴泪
岁月的脸上，因为爱
沧桑而美丽

5　声音

你从匍匐的电话线中走来
宛如古琴弹奏悦耳的音乐
轻柔地在我的肌肤上　绽放清香

谈论人生、命运、良知和境界

仿佛黄昏炉膛里的微火
平淡的生活有你多么好

思想穿过长长暗道
　　犹如紫色的海浪
心向着心跳动
一种悲悯词语般清晰
我的呼吸轻盈而沉重

滔滔的语词
落入静穆空气铃铛般脆响
这是我诗歌的篇章
爱上它，用我肉体有限的光阴
兑取大海灵魂的内核和醇浆

2008 年 6 月 30 日写于杭州
发表于广东《五月》诗刊 2008 年秋季号
发表于台湾《秋水》2016 年第 1 期

十、组诗：我心深处

1　征服苦难

一道又一道黑紫的伤痕
像刀锋沿着血槽滴血
那是一个透着杀机的日子
许多双手一起推倒我的家园
　　却没有一双手能推倒我

在一次次灭顶之后
我肌肤上有自戕的印痕
它们透过薄衣单衫
　　发出紫褐色的叹息

这不是美丽神话
伤痕已久
悲怆也是一种意境

我走在嶙峋如砺石的路上
坚贞、善良
扛起从不忍心卸下的重担
柔和，如青瓷玉洁

凛然，如宝剑高贵

2　听钟

沉思的时候
有钟声飘忽而来
仿佛是古老的曾侯乙编钟
漾漾水波
敲出青铜时代的爱情

我侧耳倾听
粗壮浑厚的钟声
　　被时间甩来甩去
男人的臂膊
女人的温柔
　　生命树上的落叶
在钟声里轮回

十二点是最后一响
博大且遥远的钟声里
有梦呓般暗度的风
来来去去

我品味这声音
像咀嚼橄榄一样

3　不再流泪

不惑之后
不知不觉已不再流泪
这是多么悲哀的事啊!
女人因泪水而鲜艳

没有泪水的女人
　　心就像长满的茧
厚厚地忍着
压在心底的石头

压抑会使容颜褪色
四季心田的荒凉
　　需要泪水滋润

哭一场吧!
四十后的女人
为什么不再流泪?

2003 年 11 月写于杭州

发表于广东《五月》诗刊 2004 年春季号

第三辑　旅途

青瓷划开的伤口
是一个王朝的伤口

十一、长诗：大西北

明月出天山，苍茫云海间。
长风几万里，吹度玉门关。

——李白

第一章

1　德格马尼干戈

这是一个偏远小镇
七月的流火
在刻满经文的砾石上
曾经惊心动魄的战争
隐约可闻

长发披肩的康巴汉子
纵马而过
瞬间消逝在高原草滩

我，翻阅苍穹
　历史回声处
寒凉的石块与

　　远处飘动的经幡
还有神秘的经语
都在我心里唵嘛呢叭咪吽

2　大西北

风，卷过沙漠
叮当的驼队
耕耘风景中浮沉的太阳
丝绸之路　以及
克孜尔千佛洞不息的柘枝舞

一个美好的夏日
我坐在一峰骆驼背上
关山雄浑
走黑马河畔的牧人
　　潇洒地捋着胡须
教我唱一支牧歌

脚手架、栽树机与石油钻塔
开拓的愿望
魔幻的蜃景
我的探索如沙枣一样艰辛
在落日金黄中　以酒
　　燃烧惊涛和夕阳

3　青藏之原

我从康巴高原　走向
一个叫扎西卡的地方
这里青青的云
　　青青的草滩
毡房临水而矗
有青稞酒的醉意　还有
一束束怯怯的目光

五尺高的西部汉子
在井架、漠风和赛马号子的旋涡中
　　点一支廉价莫合烟
酸痛的脊背
留着汗泥和创造

我涉水河谷
鸦群如经幡飞扬
颤动我每一根神经
贝壳和海藻
却安抚我过烈的心跳
助我平安抵达

4　楼兰

情歌如殇的楼兰

在风的旋涡
　　沙的旋涡
凋谢了

一管洞箫　唤不醒
曾经绽开的红颜
唤不醒
黄骠马的喘息　以及
飞沙走石
迸射在刀斧上的火星

只留下
五铢钱和丝绸锦帛的碎片

我匍匐在沙丘上
把一个个马镫上的故事
写成诗

5　手鼓舞

戈壁的风
吹拂你绝世长裙
细长的飘带
　　随着手鼓节奏
洒成一路丝雨

你，含羞草般的姑娘
褐色的眼睛
连同失传的舞步
在镶银马鞭的草原上
　　单纯而美丽

我喝一碗香醇的奶酒
置身于粗犷、豪迈
热烈奔放的手鼓舞

大西北震撼着
　　我们翻飞的生命

第二章

6　朝圣

更多的时候我沉默无言
喜马拉雅山脉下
埋葬着苦难的历史
我靠右边　看见
老人们的灵魂在天葬台上
迎接死亡

有一种怀念

宛如喇嘛品味戈壁滩上不朽的灵魂
古原野上的经幡
　　使朝圣者络绎不绝

我是布达拉宫的旅游者
双手合十　轻轻翻开经卷
《格萨尔王》以不同的文字呈现
我心静如水
仿佛是一种新的诞生
一种复活

西藏的历史之重
让我很多时候
沉默无言

7　巴颜喀拉

我在巴颜喀拉
一个叫扎西卡的草原上
我的女友巴桑卓玛
　　用玛达花做耳坠
挂出一串星光

前边是巴颜喀拉山河源
那里有一块镌刻梵文的石头
我仿佛听见巴若寺

　　喇嘛们的诵经祈祷

巴桑卓玛温暖柔软的手
抚去我对草原黑暗的恐惧
我的心回到心　万物有灵
一切生灵慈悲安详的脸
此刻，都接近神性

8　古唐蕃道

这里有一口圮废的井
井边碎青瓷的花瓣
　　伴着几束摇曳的苇草

我拾起一片青瓷
仿佛拾起一个远去的王朝
皇天后土　旌旗锦马
岁月深处有车辙的悲怆

谁为玉而碎？
谁又能怜悯那颗泣血的心？
青瓷划开的伤口
　　是一个王朝的伤口

9　喜马拉雅

你连绵不断的黑色躯体

被隆隆的雪崩覆盖
多少朝圣者匍匐而过
多少铁镐叩击着你
你却威严得没有一丝裂缝

我站在你巍然横卧的躯体之上
渴望神灵的眼睛被你洞穿
释迦牟尼的魂魄
飞旋在你的脊背上　悲哀和欢乐
宛如辉煌的四季重重叠叠

我的眼里淌出泪水
说不清泪为谁而流
一泪一泪
泛滥成雅鲁藏布江

10　克拉玛依

在克拉玛依
我与戈壁铁塔旁的工人
饮一杯月之酒
大地的风沙
以亿万条黑线
织成幔帐

梭梭菜的拳头

芨芨草的手掌
把苍穹黑色的圆盘照亮
这也是一种生存

克拉玛依的工人
对着苍天一声大吼：
我要给你白汗
　　给你红血
　　给你骨殖

第三章

11　丝绸之路

太平盛世　有个人在路上
看见戈壁刮起旋风
沙尘高高悬起
三天三夜　向北
丝绸裹覆的骨殖
楼兰何在?
万象之上那建筑
经过商旅　经过漂泊
　　也经过野蛮的风暴

有个人在路上

咀嚼着芨芨草、骆驼刺、红柳枝
死亡的戈壁青春泛滥
于是目击、感恩、引领和呼喊
悲壮恢宏

旋风来得快又去无踪
八月火烧的中午
挽起流放世界的光
打开丝绸
打开翅膀
在被磨砺得如钢的石头上
一颗滴血的心
怀揣祭品和光荣

12　东方女神

棕色的骆驼踏过戈壁
望你一眼
有个人的灵魂就被陶醉

你脉脉含情
闪射着柔情的光辉
在破碎的内心世界
聆听什么样的智慧?

八月的火焰在你身后升腾

土红、石青、玉绿
你端庄、恬静和肃穆
注视洞窟外世界——

汉长城渐渐颓圮
明嘉峪关矗立边陲
那些传递的烽火熄了又燃
驼铃阵阵响了又绝
仓皇的岁月
从三危山下流过
佛传与经变
使蝼蚁般的人们死死生生

有个人注视着你
你缄默的微笑
消弭了灵魂的鄙琐
让人世纷争
释然于真、善、美

于是你成为　一个
难以破释的谜
一个令人难忘的永恒

13　阴山下

八月凄清的下午
头枕药箱
那古老的经卷和吹鸣
在高高的北方

千余年来
什么东西消失了又复活
敕勒川前
胡天之内的泪水

有个人抬头看见云朵祭坛
马之祭坛
那是天苍苍，野茫茫
风吹草低见牛羊的场景
阴山下，佛光闪现神祇飞动
一把刀柄镶嵌歌谣

曾经刀光飞舞的可汗
天赐的孤独
在马蹄四溅中划过
唯有青铜枝下悄然生长的女儿
抚慰他空洞的心灵

如今阴山下，有个人思绪万千
诉说内心激荡
可汗可汗，是否
在深处的故乡
都有一枝别离的格桑

14　落照

风暴来临之前，有个人
　　走在干涸的古荒原
那里曾经是市集乡镇
赌场兴旺　倒卖烟土
打零工的独身男人
忧心忡忡满肚子算计

如今，一切都已逝去
悬浮的空间
是一片褐黄的暮霭
是泥土、陶片和木俑
是一个民族的胸膛和脊背

那些深深浅浅的脚印
　　记录着无数先民
在干燥的荒原草滩里
有永不凝固的血
流淌在历史深处

于是，有个人在夕阳辐射下
走进峭壁上的石窟
走下洞穴里的古墓

15　敦煌夜曲

什么样的夜晚
秋风吹动着马头琴弦
余音缭绕
谁要击中那缟素的心

一位裸露飞天
黄昏骑住鹰隼
玉门关关口
幸运的人理发修面
改变孤独状态

这是旌幡浩荡的时代
吹拉弹唱
全与外界打成一片
一只经卷木箱　在月牙泉
敞开歌谣

兄弟姐妹情深
泪水涔涔

在风的深处
一千零一洞向人类洞开

有个人来到这里
她说亲爱的大西北
她愿用凛冽的诗行
寻找真理
万籁归于沉寂

1999 年写于杭州“天水斋”
发表于《中国诗人》2009 年 9 月（季刊）

十二、组诗：火奴鲁鲁

1　四月的夏威夷

四月的夏威夷
你静谧安详的阳光
　　以海深蓝的颜色
照耀，我翘首你整个世界
一点热血在体内奔腾

你的仙岛，漫山遍野的彩虹花
有鸟儿动人的啼叫
穿过一次又一次美丽的历险

我看见，你饱满的眼睛
坚贞不屈的牙齿
把花马湾反复咀嚼

四月的夏威夷
我的颜色流入你的眸子
时间在椰子林中辉映
红玫瑰以刺、以如血如死的爱
在我臂弯开放

2　威基基海滩

我们从钻石山启程
海滩两公里延伸　那些
穿比基尼泳装的女人
　　成为一道风景

从街上步入海滩
我身着夏威夷别致的穆穆装
你看我像不像——
土著波利尼西亚女人?

凭临海风是我的心愿
一个白人抱着冲浪板
　　与我擦肩而过
巨大的波涛一浪一浪汹涌而来
我看见他跳入海中逆浪前进
跪下、起立，再跪下、再起立
这是力量与美的水上运动
海滩，由此魅力十足

3　卡哈拉·希尔顿的早晨

我们依窗而坐
慢慢啜饮黑咖啡
远处　一排玻璃杯熠熠生辉

马勒的第二交响曲轻轻回荡

咖啡与真理
我们永远叙述不完的话题
只是晦涩的辞藻
在空气中滚动　像潮湿的海浪
进攻的命令
男人看不见的武器
令我生畏

接着是沉默　我一再思索
低头啜饮咖啡
你说：谈谈爱情吧
爱情、爱情
在我心窝窝里扔下谶语

4　珍珠港

你震惊世界的历史
无声地说话
人类面对你
只有冥思探究内心的感受

我看见那艘已沉的军舰
露出亚利桑那号烟囱
海浪正在为它唱着挽歌

围着溺死者的亡灵舞蹈

一只鸟儿在太平洋天空
　　骄傲地逆向飞行
风中的椰子树使它下行的线
粗犷而柔和　充满诱惑

那是唯一神圣的方式
它盘旋于烟囱旁
烟囱在阳光的映照下
　　一些机油仍沁出水面
折射出缤纷的色彩

5　爱情曲

海边春日
火奴鲁鲁的时间在枝头辉映
远离尘嚣的颜色
在风中开出足够的花

宽阔的草坪
你恋爱的心是多么安宁
尽管海潮进退起落
你的爱情
因痛苦而变得有深度

寂静的街道
我写作的心是多么安宁
往事蜂拥而至
蜇痛我的白天与黑夜
我的爱情
　　要我付出代价
才能像头顶的白云
博大　包容
具有生命的深刻与辽阔

6　红玫瑰

在鲜花盛开的四月
我迈着酒意中跄踉的舞步
凭栏远眺
海面早已抹上了五彩沧桑
我不知道如何言语
泪从心底涌出
难耐的心的孤寂呵！
又有谁知我、怜我？

云朵在花开花落间悠悠游荡
我看见你忽然从海上从空中走来
爱之船里载满红玫瑰
它盛开在尘封已久的衣衫里
我的爱人哪！

你醉人的脚步轻轻，轻轻……

7　醉酒

你以法国葡萄酒醉你的灵魂
解剖心的黄昏
我用夜雾一样缭绕的柔情
装点为你的风景

当我们咀嚼着漫漫长夜
其他的滋味便不是滋味
我深深读你曾经流浪的眼睛
是怎样触碰隐隐作痛的伤口

8　你是骆驼

你是骆驼
在沙漠中迈着坚定的步伐
让情感放逐　疲倦的爱
一次又一次像甘泉滋润心田

可生命是浑然的未知
有谁懂你
童心未泯的那一颗孤独的心
几多苦涩，几多苍凉
你用笔在血液里画着情愁

黄昏的风卷起沙砾
你听见远处叮当作响的驼铃
是嵇康忧患的酒魂吗?
你不知道这如梦的日子
是否刻骨铭心

呵，你是骆驼
你跋涉着越过高山、荒原和大地

9　港口

日月风霜
小码头你活得很累
我无法对你说什么
小码头　海是你的母亲
她教会你怎样把忧愁
沿着脊椎滑落

夕阳已归
晚风凄凄时
小码头　浪是你的父亲
他教会你空空的行囊
怎样度过黑夜

10　只要有你

海边款款奇谈
撩拨透明纱窗内一盏如豆的灯火
美丽童话
只要有你猎人的枪声
哪怕是一片空茫白雾
我们就不会错过昨日又错过今朝

呵！只要我们纵情活着
任火焰翻飞升腾
　　即使未来天涯海角
日薄西山
曾经辉煌过的岁月
在生命的沧桑中
依然是一杯最珍贵的美酒

11　仙岛的夜

仙岛的夜
当黑暗萦绕在古老的梦里
我听见风在疾驰中哭泣
一段如浪的快板
如贝多芬的旋律——命运交响曲
弹奏着我们

我们都要急着远征
在灯光不再闪烁的地方
一种无法抵挡的心的疼痛呵！
泪慢慢地流下来

仙岛的夜
当黑暗中的雨水占据了我的躯体
生命的渴求到底还有多少？

时光的车轮
在汪洋中滚滚向前
我的爱人哪，其实空也是财富
不管今夕何夕
我们都是寂寞岁月里的两只孤鸿
唯一的慰藉
　　是自己踽踽独行的足音

1997 年 5 月写于夏威夷

同年发表于台湾《秋水》诗刊

十三、酒吧之夜

1

三月的一天黄昏
俾德丽采从天桥下来
她的水晶耳环在闪亮
　　而诗人穿过周围噪声
晕眩于街口

酒吧忧郁的音乐
　　被春风暗送
一夜长谈
一小杯白兰地还有香槟
诗人强有力的喉结
哼着一首歌

一些模糊的身影来来去去
在幽暗中，他们猫头鹰般的眼睛
诉说内心激荡　手指、音节
和着他们的笑容在屋里荡漾
一个声音说：“至关重要
在我们身上必须有一个黑夜。”

俾德丽采嘤嘤而泣
诗人的眼睛
吞噬她哭泣时动人的瞬间
然而，马车掠过鞭响
美丽的女子
是否黑夜中永恒的筋骨？

2

谈谈过去
俾德丽采穿一身洁白丝绸
一会儿玉指青葱
琴声穿越茫茫黑夜
一会儿腰肢柔韧
在幽闭中赤脚舞蹈

剑麻的屋宇
终归锁不住芳心
使最后的诗人策马扬鞭
梦想着太阳

男人总是忙个不停
为名利为阴谋或者为女人
他们在一些日子里
不是盲目出行就是厌倦人生

女人为爱情而生
她们顺畅时，似一朵血红的玫瑰
她们受伤时，面色憔悴、鬓发散乱
比她们的母亲还衰老

俾德丽采举起金色酒盅
她想着旷世奇遇
　　想着命运的重轭
她要把这杯中琼浆
一饮而干

3

谈到一个梦　俾德丽采
忘了高挂于鹰翅的寂寞铃声
鬼魂般的思绪
在人群中走着

那是一座历史名城
人畜兴旺
战争过后人们依然
　　对斗殴嗜好成癖
可俾德丽采想起病中的母亲
常常潸然泪下

绿色的天空众鸟飞临
使最后的诗人追赶太阳
他看见他渴望的
　　正向他走来

于是，他们坐在一起
　　坐在桌子的这一端
情意绵绵
梦想自己是父亲和母亲
　　一群儿女环绕膝下

俾德丽采笑靥初绽
天生丽质
因为有了诗人
就有了一世的声名

4

烛光摇曳
邻座的美女摄人心魄
拥有男人绅士般的体贴
她们早已忘了
男人的谎言　女人的泪水

在这花好月圆之夜
邻座的美女咯咯地笑

　　与窗外的风声融于一片
预定婚嫁日期
俾德丽采手捏中国印花桌布
在黑夜深处
　　与时间交媾，她说：
红颜薄命

三月大自然凄美的风光
在烟缕中飘绕
最后的诗人穿过黑黝黝的丛林
叩击太阳

5

走出酒吧
琴声幽咽地越过心中遗忘
俾德丽采的灵魂在吟唱
痛断肝肠
她回到剑麻的小屋
　　就像幕前回到了幕后

从此　她知道了人生的多种性
真真假假
虚虚实实
都要明察秋毫地分辨

俾德丽采枯坐于剑麻之中
晨钟和暮鼓
收回四散的声音
她看见窗外银色雾气
　　已上升到树冠

一年又一年与死亡同屋
呼吸死亡的新鲜空气
俾德丽采拨通了死亡电话
她将于今天在剑麻中死去

马蹄嗒嗒掠过鞭响
葬礼的马车呜咽而过
最后的诗人忧郁地
从黎明走进了太阳深处

写于 1998 年 11 月 15 日

发表于《特区文学》1999 年第 4 期（双月刊）

十四、组诗：走进彝州

第一章　山之歌

1

第一次登五台山
我坐在盘山公路的汽车里
一种没完没了的颠簸
向前，向着山的高处

我用目光触摸窗外风景
　　心与宇宙息息相关
忽有一阵嗒嗒的马蹄声
自远古而来

那是自由的灵魂
生活在群山最孤独的地域
低矮的云朵，崎岖的路
彝人的渴望与祈祷
让梦想燃烧成火焰

2

什么是命运？一个人的命运
在死亡和生命相连的梦想之间
在土地与河流的幽会之处

我遥望时间
命运之神弹奏的旋律
　　就像迷雾中的晨星
它让我们懂得
一个人的尊严和权利
懂得一个民族的悲伤
注定要让诗歌成为人的记忆

我，遥望车窗外连绵起伏的群山
它宛如彝族的龙之图腾
那些爱唱歌跳舞的部落
家谱上记载着彝人的风骨

3

当我们到达山顶时
仿佛抖落了身上的重荷
盛装美丽的彝族阿表妹
献歌、敬酒
双眸充满着圣洁

一盅，又一盅
古道热肠里欢乐的歌声
让我想起从前的酋长和祭司
他们的脚印已成为一部史诗
　　风化成古老的彝文

我不懂彝文　因为我是汉人
如今很多彝人也不懂彝文
不会彝话，那么
谁来拯救一种民族的语言？

4

跳一支彝舞
我就成了彝族的阿表妹
在最本真的音乐中
　　染一身本土民间气息
我柔软的身体
　　与灵魂一起飞翔

腾跳与旋转
　　自由在火光中舞蹈
我炽热的内心升起一道彩虹
这是生命涂抹之色
野性的风
　　哼出一首古老民歌

那是浸透血液里的深深的爱

5

在山顶，我想起茨维塔耶娃
想起她的《山之歌》，想起
她一生都在爱、在倾诉
在寻求知音、在渴望共鸣的
　　——饱受创伤的心灵
我默默无言　望着
群山的苍茫与辽阔
一滴破碎的苦涩眼泪
无法描述那个不幸的时代

我接过彝族姑娘递过来的酒杯
一饮而尽
断翅　山冈　流水　西风
让我站在山巅把灵魂歌唱

第二章　黑井

1

这是龙川江峡谷的黑井
因盐而名扬天下的黑井
黑井的风

吹拂厨房里悬挂的围裙
屋脊，就像一块锈蚀的钟摆跟着晃动

我走过光绪钦赐节孝总坊
两只被岁月淘洗了的双狮石坐像
古意斑驳　宛如一幅历史彩图

坐在某个屋檐的长廊下
观对边晾着牡丹图案的大襟衣衫
让我想起从前三寸金莲的节妇
在风雨飘零的枯涩中
　　节制着悲与苦

2

雨中的男人　有一圈细密绒毛
行走在古镇石板路上
褐色的树
　　还有古驿道上的马蹄印
刻骨铭心的往事
像一道光线沿着起伏的屋顶铺展

明朝万历四十五年
这里有了第一座书院和文庙
有了半是巫师半是先生的毕摩
有了读书吟诗　览经拜佛的心灵居所

我在书画堂为即兴而作的诗
　　写一幅书法
一只蝴蝶停在窗前玫瑰花上

3

我们走在古老的桥上
这是黑井唯一的渡口桥
五马桥，传说马家五兄弟
——为小妹渡鹊桥而架
宛如一则浪漫故事
　　却传世于千秋万代

从前这里走着马车
　　走着抬轿的人
我微微闭上眼睛
仿佛看见一辆马车
绚烂的缰绳摇撼着马夫的梦

现在五马桥古朴安宁
像一位不愿多说话的老人
袒露着历史的厚重

4

在汉代，大脚女李阿召

放一头黑牛
黑牛跪到崖边舔岩缝
李阿召也舔舔岩缝
原来欲滴欲止的崖液是盐卤
盐卤比黄金贵，此后
采盐人络绎不绝
深挖窟窿　黑井由此而来
盐汩汩而出
仿佛是喷溅的熔浆
一时商贾云集
一堆一堆食盐
成为繁华之地

5

都说黑井是一座石头城堡
小小巷子，冰凉的石墙
光秃秃被风化脱落的黑末红粉
棱角不减当年锐气
四合五天井　三坊一照壁
大宅门曾经的辉煌与排场
流逝于岁月中

主人已不知去向
宅院野草蓬茸　鬼气森森
荒凉的失落

　　眨眼已度过一世

我在紧锁的大宅门前
想起一幅《黑井牧马图》

第三章　楚雄

1　在化佛山原始森林

让人沉静的是八月的原始森林
那些密布的古树后面
我看到一群白鸟飞越
通过它们　我高高在上
世界的尘土在我脚下
泛起波澜
泛起我眼里的光和泪

我思索着曾经的疼痛
我的承受　是一份自己深藏的残忍
在白云窝寺我双手合十
　　一道阳光从天而降
我被神的手掌笼罩
神啊，我的痛苦已久

打开大地的眼睛　我看见

那巨蟒般的巴豆藤
那瀑布　宛如醒悟的净水
我因痛苦而美丽

2　左脚舞

月光流入洼地湖泊时
牟定，这个云南小县城的夜晚
是跳左脚舞的夜晚
一支彝人的舞蹈
聚集着男女老少

在广场　手挽手围成圈
月琴弹拨“阿里罗”
唱着，跳着
心灵多么欢乐自由

我排列其中，拉着彝族姑娘的手
每一个舞步都像一把火
奔放与狂热
我的飞翔之姿　像喋血的蝴蝶
灵魂的时间无限延长
火之舞，便是魂之舞
我已经死过　我将获得再生

3　姑娘房

在彝族，姑娘房
是女孩儿们自由恋爱的地方
她们不在父母的眼皮底下
一切是自由的
小伙子进姑娘房
需要姑娘们的心意

我不是小伙子，也不再是姑娘
我是一个成熟的汉族女人
　　走进姑娘房
我要在姑娘的床上休息

进门先喝酒，接着抽上两支烟
这是姑娘对小伙子的礼仪
我也尝试一遍

闭上眼睛，姑娘的羊绒毛毯盖在身上
我在梦中听到一种旋律
它，远远地从大山背后升起
古老、神秘、深沉
掠过女人的额头，男人的肩
　　飘浮在孩子们的唇上

苦难与坚韧　一串金黄的泪滴
让我的心融化于姑娘房

4　楚雄彝族博物馆

走进山寨一样的大门
乳白色的建筑依山而筑
高低起伏　一种美
一种生活的真实高于理念

历史在这里苏醒
恐龙原始化石　属于
一种世界语言
　　元谋猿人的门齿
一百七十万年又能说明什么
没有棺盖的独木棺
枯木不烂　宛如不死的魂灵

五彩缤纷的彝族服饰
表达着一个民族对生活的热爱
即使酋长的女儿也自小刺绣
　　而男人麋鹿一样野性的眼睛
闪烁丛林

我徜徉博物馆一隅
邂逅古人的魂灵

零碎的记忆如鳄鱼鳞片
仿佛从远古走来　沉默中
我想起一个人
六盘水，让我品味忧伤的甜蜜

写于 2004 年 8 月

发表于云南《金沙江》（双月刊）2004 年第 6 期

十五、都城

1

我疲倦地从书中抬起眼睛
　　看见在时间的时间里
你以独特方式
越过夏日风铃的演讲
燃烧着自己的燃烧
　　却把我点燃
蝉声在窗外吱吱鸣叫
我的眼睛燃烧着火
　　静默中的炽热
灵魂飞越云天外
　　被你紧锁在都城

2

我的灵魂漫游在都城
阳光绕过脊梁
告诉我——
你童稚的笑声　越过时空
　　像奔马的蹄声
嗒嗒响彻我的耳畔

我看见一道阳光

　　正穿透厚厚的身体

灵魂的高度

火焰与火焰

在最纯净的河流奔跑

3

我用目光触摸你的余泽

爱意盈怀

负载沉重希望的双手

颤动十指，飞翔的音乐

没有开始，没有终结

阳光嗡嗡作响的树林

　　是你生命的编码

高塔　航船　灵魂

你，让我呼吸着你的呼吸

4

我在黎明中醒来

　　双手抚摸着光

在日出与你的形象之间

延长短促时光

心灵的居所清新明澈

宛如晨露滴落长长的睫毛

过去了的疼痛，像种植的庄稼

　　炊烟袅袅升起

大豆、玉米还有红高粱

使漂泊的灵魂　芳香四溢

5

我仿佛听到你的歌声

看到你的醉态　以及

　　玫瑰色透明的面庞

激情正在燃烧

一湾潺潺流水

从酒痕斑斑中醒来

窗外正下着雨

读诗　听雨

大海并不遥远　你轻歌浅唱

回到灵魂的故乡

6

我坐在黑夜门口

风中的橄榄树

　　摇来满树幽灵

它们纯净、轻盈

懂得如何死亡

如何深深挖掘

——躯体内的能量
你，早已把生活变成艺术
华美的丝绸
舌尖上的盐粒
向死而生　六月
都城的日子没有悲伤和忧郁

7

你没有告别的告别　让我
　　泪如柳叶闪烁的风景
触动琴弦
我的灵魂又随你飞到都城

在杜甫草堂，我沉重地微笑
每一根神经都战栗着爱恋
对你的忠贞就像面对十字架

亲爱的！我愿以这样的方式
燃烧自己　投向你
你思想者的头颅暗含神秘
我该以怎样的脚步走近你？

呵！黄昏披着春风静坐
我的长发在如水的琴声中
将永恒的爱越过世俗

守着一个亲爱的你
就像守着一个中国

8

喝着茉莉花茶
我裹覆丝绸般的表情
温柔着从前的温柔
亲爱的！请把我的温柔拿去
在你情爱的火焰中
我愿化成一片灰烬

风中穿行的岁月
等待我们无涯的婚姻
在前世的婚约上
我已是你小小的新娘
把自己拆卸
点燃身体的每一个细胞
我的精神、我的柔软、我的疼痛
都在火中再生

清冽的街灯
一闪一闪
你如鱼的鳞片
海绵般饱满
我低缓的天空

被你致命的爱充实与照耀

9

走在古老的石拱桥上
我与你的背影重叠
　　眺望远处森林
我唇边的篱笆一半已是玫瑰

诸葛亮曾在这里饯行
一种容器倾注的陈年老酒
在湿润的空气中
　　我已成为一只醉蚕

亲爱的！在我祈祷的日子里
独对深心　我听见江水滔滔
　　荡洗着我的灵魂
孕育我与天空一样高的爱情

我的心囚在你心里
如此销魂　那是一种飞升
我的飞翔之姿
　　愿与你同醉同死

写于2005年4月29日至30日

发表于《星星》2005年第10期

十六、组诗：步入师门

1　火车上

与小芳踏上北去的列车
车窗外天真无邪的阳光
还有树枝上的鸟　以及
一声迎风挑战的呼哨
犹如小芳的形象与心境
出发是宣告自己的新生
是为自己擦亮一道光芒
而北大是那道光芒中的光芒
我引领着她走向你
　　走向你，步入师门
就像给她一个灵魂的家
让她不再残缺

2　北大东门口

站在北大东门口
静观川流不息的人
在人群中寻找，寻找
童年的梦
多少年的希冀

用画笔涂抹的颜色
——荆棘也变得骄傲
唯有疼痛与坚韧
我们法宝中的法宝
走过严冬和酷暑
北大，像一道光
我们的世界为此闪亮

3　未名湖

徜徉在湖光塔影中
你学者的渊博、沉稳
奋发的张力
如同湖中高贵典雅的折光
一种魅力
来源于内在气质
来源于渊博的学问、独到的见解
敏捷的思维、过人的勤奋，以及
超凡的才华
我默默地感受着
——思想者的头颅
内心布满虔诚

4　摄影艺术

从一个角度到另一个角度
你聚精会神柔情盈怀

南来的玫瑰
在季羡林先生栽种的荷花前
含苞欲放
少女的清纯　少女的渴望
被你镜子般摄入内心
小芳，你可知道
如何做一个完整的人
大师就在身边

5　勺园9号楼餐厅

团团一桌
你不期而遇的学生
十多年后重逢
像燕子展开丝绸的羽翼
她们是女中豪杰
感恩的日子
相遇是一种缘
我坐在勺园9号楼餐厅
酒杯节节升高
品尝你点的家乡菜
温暖溢满胸间
我，宁静安详

6　二胡

你在书房
拉一曲《二泉映月》
我侧耳倾听
　　盲人阿炳的沧桑
　　在弦中如泣如诉
谁为苦难而辉煌
谁为沉重而美丽，弦啊！
在这朦胧的夜色里
又有谁为苍凉的音乐加一件寒衣?
我泪花闪闪　喉咙哽咽
这满把的音乐是一种境界

写于 2004 年 7 月
发表于《诗林》2005 年第 10 期

第四辑　风景

我入迷地翻阅

宛如束手就擒

十七、组诗：我在莫干山上

1　芦花荡

那个圆形大门是我熟悉的景
我在神态悠悠的白鹤边漫步
心如宁静的椭圆形水池
鸟鸣，还有萦绕裙裾的小蜂
我泰然面对天空
　　一丝细微的战栗
芦花净扫昼夜
我知道它怀藏的高度

我的额上，一个小小的点
像夜空雪亮的星
诠释芦苇要高歌
诠释它低头含霜的心
也要高歌

这个世界许多灵魂早已弄脏
许多心灵沾染着罪恶
就让那泓秋水洗一洗吧
通体透明的你

才知道明智与超尘的境界
让我走向你　走进你的深处
我心灵的喷泉
　　如你一般水质清冽
它正沿着一片浅草
接近大海

2　别墅

每一栋别墅我都喜欢
无论哥特式还是巴洛克
　　抑或是洛可可的建筑风格
旧世纪的欲望
被我的笔重新雕琢

我居于一室
望着一天天消瘦的石柱
　　还有空无一人的长蛇形拱廊
铜灯摇荡
宛如蝙蝠从几百年前扑腾而至
我在安静中失眠

窗外呼啸的风穿过竹林
我看见一柄死亡浇铸的剑
随风而来

这是爱之剑
　　生命的剑
干将与镆铘
把生命磨成一盏长明的灯

我在灯下思索
——生命、爱与死亡的问题
我的思索
顷刻有百万幽灵
密集于别墅

3　剑池瀑布

这不是想象的天空
这是第一叠飞瀑
　　飞流直上十余丈
气势磅礴

我看它一眼就醉了
醉的深度
不知寒气袭人

于是我跄踉于树影婆娑中
身边的铁栏护柱
仿佛一条巨蟒
　　缠住另一条巨蟒

飞泉浩浩破空
宛如音乐回荡在山壑

我真的是醉了
　　醉成一条鱼
我要游在爱人的海里
让爱人的海
把我飞瀑成剑池第二叠峭壁

4　荫山街

这儿曾经是繁华的
集市上有中华银楼
　　伊文思书馆和商务印书馆
还有西式成衣店、陈众新竹器店
民国初年，“HELLO”声布满了半条街

那个中国少女
手挎艾草编织的花篮
白色的袜子和饱满的脚趾
亭亭玉立
像阳光缓缓盛开
山里人的语言
　　铃铛般脆响
淹没那一声声的“HELLO”

如今荫山街
还是那条荫山街
只是经历了太多的世事沧桑
懂得了寂寞
　　也是一种境界

5　美人茶

是否有爱情在红花绿叶中流淌
这不太重要
重要的是
　　这是宋美龄移栽的茶梅
智慧就悬挂在树梢上

无论为了什么样的婚姻
新婚的蜜月　在此度过
权力和荣光
这已足够

山道上的茶梅
花朵儿开得正艳
宋美龄牵着老蒋的手
　　忽然松开了
这是爱情的象征
她要把它握在手里

事实果然如此
老蒋的政治远远没有
——爱情花繁叶茂

6　塔山

我知道你是莫干山主峰
被高度劈倒的太阳如此无助
雨后看堆云
我仿佛来到一个陌生的地方思恋
书籍、诗琴还有阳光下的爱情

在灵魂的超度下
秋天肃杀的气候也变得温暖
风在山巅轻轻徘徊
云在雾海瞬息万变
那一堆堆，一团团的浮云
时而软如棉　轻如烟　白如絮
时而巨浪滚滚　惊涛骇浪　汹涌澎湃

我该用怎样的歌喉吟唱你
我的骨骼、血液，甚至我的飘扬长发

2002 年 11 月 10 日
发表于《星星》2003 年第 6 期
被选入宗仁发编选的《2003 年度诗选》

十八、组诗：代友人书——回故乡

1 巴彦呼硕[1]

粼粼绿浪
多少悠长岁月划过草滩
在山顶伸手可触的天光里
有鸟群飞掠而过
我沉默无语
故乡的马头琴叙述昔日苍凉

这是呼伦贝尔鄂温克草原深处
童年的记忆如双管竖笛
融进无边原野，我泪眼迷蒙
树林中摇曳着《敖包相会》[2]

几十年恰似白驹过隙　我们
沉默对着沉默
五尺躯体中的血液与灵魂
此刻，寂静无声

1　蒙古语，意思是富饶的山顶。

2　巴彦呼硕是歌曲《敖包相会》诞生的地方。

2　草原

在滚着太阳的原野上
无数的闪动弧线，让宇宙
　　宛如一只浑圆瓷瓶
灿烂的光斑
轻轻划过陡峭山坡
抚摸着所有裸露的心

空气中有青草叫喊的声音
牛羊成群缓缓而行
我用手指戳穿这片无垠
大山耸立着男人的脊梁

呵，古老旷远的风
仿佛长发披肩的精灵
　　使肃穆安详的小树
不再安详

3　孤独的骑手

在草滩饮尽所有月光时
故土长长的歌谣
散落在灰云密布的天空里
我纵马扬鞭　尘世远去
　　与涨潮的瀚海灵犀相通

灵魂飘入宇宙

心灵不再是荒原
有洗濯一新的浅草密树
奔驰中，宛如高大无比的铜像
苍穹无声凝视

那是涂抹青铜的野性
越过连绵峻岭　旋风里
　　千万个涟漪荡涤黑暗
岩石依然挺立

4　蒙古包顶窗的云

从顶窗望出去
拥挤的白云正在翻腾
云在走　窗在走　心在走
缥缈如梦幻般的云朵里
有乳牛的漫步　羊群的远征
还有一个民族献上的洁白哈达

我凝神静思　乱云中
　　奔腾而来的白马
携带着传说中的神话
浸润无数颗善良的心

然而千年的历史已经风化
唯有马奶酒的流淌　山丹花的红艳
　　将原始的野性
唱成一首溜溜的云

5　赛马

那达慕[1]的赛场上
风尘滚滚　马队飞奔而来
不分年龄也无须马鞍

胆量和智慧
阳刚与勇猛的雄性角逐
让大地为之震颤

西吉勒　一个十岁小男孩
五千米冠军
力与速度的抵达　源于
　　英雄出少年

父亲举着名次木牌
就像举着成吉思汗的令牌

---

1 “那达慕”是蒙古语，游戏娱乐的意思。

这时候草原是他的
草原的天空也是属于他的

注：作家兴安回故乡，让我欣赏他的摄影图。观后陆续写下《代友人书》

写于 2006 年 7 月
发表于《中西诗歌》2009 年第 4 期

十九、组诗：岁月之河

1　猫头鹰的品质

蹲在树头憨厚的猫头鹰
在黑夜里的目光忧郁而善良
这是一种本质上孤独者的形象
许多个夜晚我窥视它　就像
　　窥视我自己一样

我们都在黑夜里飞翔
它蹬开大树　我避开喧嚣
我们的共同目标
　　飞向低处　飞向深渊
我们与蓝天白云漫天的星星无关
我们的飞翔是形而上的飞翔

当世上一切沉睡的时候
我们总是清醒的　我们在清醒中煎熬
当灵魂腐烂的时候
我们总是孤独的　我们在悲伤中彻悟
这就是我们的品质
我们生存的独特方式

2　猎人笔记

这是深夜，我走进《猎人笔记》
遥远的俄罗斯不再遥远
欧洲草藤上的土拨鼠
鸣叫着草原的春天

一匹孤绝的狼独自行走
豪迈剽悍　亲密无间的丛林
吟唱着一首不连贯的歌

屠格涅夫，我看见你星际的草原
星斗密集的草原　还有
　　沼泽上神秘的气泡
投掷出大海
触动了远古的美和孤独

今夜你依旧是猎人
我入迷地翻阅
　　宛如束手就擒

3　死屋手记

举起罪与罚的长鞭
陀思妥耶夫斯基从死屋中出来
社会底层的风　仰望苍穹呼啸

仿佛猿啼不绝于耳　这时
　　一个有力而铿锵的声音
指出被污辱和被损害的

把丑恶或猥琐的灵魂
囚羁于天光下　海水的良心
带着瞳孔深处的闪烁
用语言锋利地刺杀
　　死屋般的俄国

我怀念陀思妥耶夫斯基
一个天才思想家
解剖黑暗世纪的内脏
渴望拯救又无可奈何

4　古战场

多少个世纪过去了
我的先人　你们远离故乡
在从前的河流　天空
　　蓝幽幽的地下
纵马隆隆
旋起血色烟柱

一柄断剑
插进心房

让金色的铠甲浮起悲伤
土壤和虫蛀
分享年轻颅骨

我已经忘记了归去路
古战场上　那依稀嗅到的血腥
疯狂和杀戮
　　使我飘满异族气息

我不是唯一子孙
　　遗留在硝烟已尽的战场
我在苍天悲悯中
　　与仇人的后代坐在山冈上
同唱一首和平的歌

5　中原之原

从秦汉的刻石走下
这里曾经有十万劳工的白骨
砌成一堵墙
　　堵住匈奴眼光

震荡山野的长啸
弓弩般　在沉寂的中原
　　划出一道道烟尘
阿房宫三个月不灭的烈火

鞭打着不驯的土地

冷酷的历史
　　让多少人销声匿迹
只留下塞外的苍凉与悲壮
我站在古老的石礅上
　　仿佛有漠北的风
飘来一阵铿锵的马蹄
焉支山一弯残月
我看见戈矛相拨的秦汉

6　碑林

多少次带着山风、海浪
徘徊在你——
虔诚、忏悔、追忆的死亡之林
古老的石头上
斑驳的文字
　　像眼睛一样闪烁

千百年记载的遗迹
趴在石窝里几辈子
祖上的排字
　　很有讲究

风中飘来古筝的曲调

宛如石块与青铜的碰撞之声
流光溢彩的丝绸
　　让曲曲折折的碑缝
嵌满了皲裂的尊严

7　致李白

没有酒就没有诗的酒仙
没有酒就没有你的风流
“举杯邀明月”
你，酒的豪情与高傲
天子、权臣在你眼里
不算什么
世界变得很小

唐朝的风尚
骆驼与诗歌在黄河旁凝固
胡沙漫天时
你梦中雄心勃勃的酒
日倾三百杯

没有人能胜过你的酒力
你，胸怀壮志
孤清耿直
纵横的才气和豪情
　　都在虚幻的追求中

装饰了男人的美

皇帝只是一个破旧的字眼
在你思乡的明月里
　　宛如一滴冰凉的露水

8　杜甫草堂

很多事物都在诞生与死亡
浣花溪畔
我走进公元七百六十年
秋风自长安吹来

试图理解杜少陵的叹息
　　启示出悠远意义
我搀扶诗圣
诠释那一种冷

远去的乐音
　　从时间的腹部
流出源源不绝的光

你凝固在唐朝
我在你檐下
　　倾听苍茫大地
隔世的声音

9　废墟

磷光般的利剑
蓦然谋杀五月的安谧
潜泳在汶川岩层的雷霆
突然咆哮怒吼

钢筋混凝土来不及抽搐
顷刻，在破碎中沉寂
无数生命掩埋于石块夹缝里
千万双撕裂的爪子
独自与死神谈判

拖延　抗拒　等待
猩红生死线
在时空的废墟上行走
亡灵和生还者的呻吟
　　撕裂着悲痛的心

我忘不掉睡在瓦砾上的孩子
　　绣花鞋上飞旋着蝴蝶
那是载着她的梦上天堂
我无语哽咽
泪水，溢满迷蒙的双眼

写于 1998 年至 2008 年

发表于《中国诗人》（双月刊）2020 年第 6 期

二十、组诗：在香港

1 太平山顶夜眺

都说不登夜间太平山顶
　　就等于没到香港
我是带着蒙眬睡意来的
却被灯火照得神清气爽

亮晶晶的水柱
流光溢彩的灯海世界
我仿佛看见当年的张保仔
在这里扯旗

站在栏杆边拍摄夜景
仿佛有了意义
从前这里是穷村荒岛
　　一百多年的屈辱
却不妨碍它挺拔于
　　世界民族之林

白光是车来
　　红光是车去

车队川流不息
车厢里有紫荆花的芬芳
　　还有不同肤色
不同语言的人

2　浅水湾

这里有我仰慕的女子
她的幽魂　在海面
波光粼粼点点沙鸥中
美丽的梦想
命运多舛
竟成了她最后的归宿

一个叫乃莹的小姑娘
多么可爱又多么苦难
《呼兰河传》就像启航的船

我坐在船上读她
读懂一个女人的梦
尽管悲惨，但有浅水湾
珊瑚枝丫上滴着的月色
意义就在其中

3　女人街

这里男人比女人还多

有男人陪伴的女人多么幸福
在金碧辉煌的商场
在金珠钻玉的柜台
不用打开自己的提包与钱袋

我一个人闲逛　看中的衣衫
掏出自己的钱包
很有尊严　但作为女人
谁不想有心爱的男人
替她在冷风里加一件寒衣

我站在中环遥望海港对岸
细数堤岸石阶

4　集装箱

从没有见过这么多集装箱
码头是集装箱的世界
吊臂林立　只有海水
　　能测出它的重量

港岛的风穿过高楼大厦
　　穿过多种光色
笑傲阳光
笑傲货轮与码头的亲吻

集装箱需要这样的亲吻
　　才具有通向世界的威风
把它所藏的秘密
暴露无遗

5　重逢

也许是注定的
三十一年后的重逢
目光与目光饱含一切
多少风雨沧桑
在两手相触的那一刻
化成彩虹横亘于天空
人生还能是什么呢？

也许是注定的
我们终将告别
所有爱、伤害与苦难
瞬间便是相聚的欢乐

请记住这一天吧！
当你的灵魂绝望时
这一天，便是你的清茶和美酒

6　温泉

月光下，着泳装的我

穿过廊桥
追随自己的影子
我，咿咿呀呀听到拍击的水声
瀑布飞流直下

从一个瑶池
　　到另一个瑶池
灵魂于水中
清澈透明

瞬间是静谧的
　　一只鸟儿飞过
击碎花蕊　发出
　　薄翼般的嘤鸣

我想起日本箱根河口湖
同样泡温泉
感觉却是不一样

清新的温泉
在我瞳仁里
　　是真和美的极致

7　高山滑草场

生命在一片绿色中

划着希冀
水妖般的女子
弓身飞驰向前
仿佛划碎了惠特曼的草叶
阳光格外灿烂

我，坐在观众席上
不知如何喝彩
嚅动嘴巴
却没有吐出一个字

青青的草场
震撼于宁静里

8 面对大海

面对大海
　　面对鸥鸟的磷火
我们越过苍茫时光
在风中　雨中　在一个即将
飘逝大雾的黎明
写下草茎和麦秆一样清新的诗篇
　　浸泡在海洋里

于是，一颗孤傲的心就高过天空
高过一朵玫瑰花的魂

大海的恩赐　让我
倾听几种不同的涛声

9　独立者的远征

是什么力量使我继续远征
是什么力量使我独步舞蹈
我的前方没有饰金衣物
　　没有山珍海味佳肴

只有永远到达不了的终点
只有荆棘划破的双脚

时间在每一寸苦难中流失
那些死去的与活着的生灵
繁衍出的爱情
在红透晶莹的樱桃树下生长

我年年四处漂泊跋涉
　　坦荡无垠的荒原里
那颗骚动不安的灵魂
追逐着太阳

10　安宁的力量

这寂寞的荒原

是我生活的地方
它对于我是那么亲切
树木遮住我的视线
我安坐在孤岛上眺望天空

超脱尘世的寂静
使我变得无比深沉与安宁
这是一种力量

从此，我的心不用担惊害怕
我舒坦地倾听草木间的喁喁细语

轻轻的风吹出无限寂静
这是永恒的世界
我的思想沉浸在天宇般的空间里
即使坠落也感到充实幸福

1999 年 7 月 13 日写于香港
2000 年发表于台湾《葡萄园》诗刊

二十一、组诗：一只蝴蝶

1　台北故宫博物院

无人再穿长袍马褂
走进台北故宫博物院
我是穿着杭州丝绸的
在一个夏日的早晨
我看见先人的足迹
从北京来到台北

才欲登楼
便惊慑于五千年浓缩的空间
商周青铜器
　　使我立居一旁
屏息注视瑰丽多姿的纹饰
这是中国的
拖着长辫子的祖先
　　和我们的子孙
可以做证

我望着历史长廊
古人无声涌动的语言

潮一般扑来
我　什么也不必说

2　爱河

踩在河堤
层层白云覆盖着我
水波温柔地扑打着我的面颊
我，对河而镜
感到自己是多么干净

爱河的爱是干净的爱
无论欢乐还是眼泪
因为干净　爱而幸福

明天我将离它而去
该怎样把它装在兜里呢?
一条河，一条生命的爱河
横亘在我的血液中

注：在高雄，有一条闻名遐迩的爱河横贯市区

3　黄昏海

远的地方看不清楚
它就是天
静若处子的大海

忽然被海浪愤怒地搏击着堤岸
威震无慑

我一步步走向它
咆哮的响声经久不息
一种超自然强音敲击着
我的胸膛
　　心破腔而出

那只货轮是高雄的货轮
　　拍打着战栗不已的漩涡
使蜷缩在海湾里的桅灯
光亮惨白，晃动一抹死亡水雾

生与死近在咫尺
我站在终极的边缘
额头轻抵冰冷石壁

让生命系在灵魂的禽鸟上吧！
面对无法躲避的现实
论战刚刚开始，我巧舌如簧
作为年轻人的所有偏激

4　一只蝴蝶

停在窗前玫瑰花上的蝴蝶

凄美地在风中轻轻摆动
它太美丽了
它已经死去多年

蝴蝶的睡眠是两片花瓣
它比飞翔更具体、可感
而且宁静
我在台北师大的宾馆里
　　停留在这片梦上

这是庄生晓梦迷蝴蝶之梦
　　抑或是忘我一境之梦

蝴蝶忘我地扎根在玫瑰花上
它的翅翼随风摆动
超越了生死界限

我反思自己这个庞然大物
如果死神的脚步逼近
我能这样坦然相对吗?

1999 年 7 月写于台湾

发表于台湾《秋水》诗刊 1999 年 12 月

二十二、组诗：夏日诗章

1　睡眠

这个夏天不可名状
我颓然倒下
一种独特的姿势
在幻觉里时时改变

来得正好的台风
清冷地洗过身体
插入发间的手指
如一群桑叶上的蚕

它们一丝丝结成网络
电子邮箱正向太平洋彼岸发信
仿佛有清晰的蹄声
今夜我的灵魂有了确切的形状

一只手叠在另一只手上
柔软的丝绸睡衣隐藏着一种语言
使无辜的明天不再被伤害

2 微火

在一只钟摆后面
我看见天空下着六月雪
爱人，请趁我一息尚存时
珍藏舌尖上的黄金

多年来你的凝视
　　都给我带来安慰
我绵密的土著语言
像雨打芭蕉
贯穿在女性的姓氏与骨髓中间

没什么使我不安了
誓言还在微火中闪烁
　　从夏天到夏天
我双目合拢之前
肯定逃避不了被遗忘的结局

3 静思

我又来到这块澄明之地
独坐黄昏
听石头间漫溢的水
箫声般深入夏夜
我的相思袅袅飞升

手捧万里姻缘的线
健康　明朗
烛焰在大地上忠实跳荡

这是向上的乐章
升华姿势
我那灵魂闪烁的诗歌精品
锐利如刀锋

任相思跋山涉水
我解开生命缆绳
在凸起和下凹的地层上
昂起头颅等你

2001 年 9 月 6 日写于杭州

二十三、组诗：旅途

1　首都

（1）

在 2000 年伊始
北平，我神秘地唤着你的旧名
　　像热恋中的旧情人
我想起你朱颜上的金粉
　　以帝女形象为人类掌灯

地铁　商厦　新城
首都众多建筑
　　有微垂羽毛的鸽子
千百年来飞翔　呐喊
演出无数悲喜剧
　　天安门广场上
一个异乡客手执花束
与祖国第一次会面

幸福与吉祥
宫墙边走动的青年

在那九千九百九十九间半的房间里
神秘辨认祖先遗物

（2）

穿过天安门广场
树影婆娑
阳光流淌在护城河上
满怀信心的智慧人
孤单地表述着事物的浮沉

多少人在倾听诗人独语？
宽厚的人民呀，请允许我
在河流彼岸睡成湖泊和种子
以虔诚的心
护卫梦中情人般的首都

（3）

现在纷飞的雪花撒满大地
钟鼓奏鸣把我引领到破晓的郊外
圆明园在沉睡，寂静的废墟上
天空透露苍凉

这是民族的耻辱
一场永远无法弥补的劫难
让千秋万代的中国人感伤

我默默徘徊带着外省气候
庄严　肃穆地阅读
——断柱的汉白玉石壁

啊，多少智慧被毁灭了生命
举国悲愁的日子虽然早已走进历史
却依然让我感到心痛和沉重

2000年2月1日写于北京

2　献给父亲的诗

（1）

父亲坐在窗前
他的话越来越少
回忆过去
世界从他身上已拿走太多

活到这个岁数
什么都无所谓了
欢乐与疼痛
让他挥霍不完白天与黑夜

（2）

父亲已满头白发

如同苍凉的海岸线
阴影和力度
从前的磨难
是怎样撕裂着我们的平静?

一切都走过来了
家园上空的星星又大又密
生命没有空白
父亲在教堂的晚祷声中
安详入眠　一天又一天
他成了幸福的人

3　旅途

车窗外遍布漩涡的河面
一片苍茫如醉，时间的车轮
掠过生与死

四月之风有麋鹿自由奔突
跃动它雄性的角
迟钝的信天游
却在林间小路　像草一样缠绕

谁也不知道前方的目的地
终点与起点　生命存在的时刻
悲壮也是一种灿烂

4　你在病中

潮汐的雷声渐渐远遁
你还是病了，多年来百毒难侵
你打破了纪录

那是一种隐忧
一种无法释怀的心事
病毒乘虚而入
晨昏的星，梦中长满青苔

我在你的病榻前焦虑不安
宛如精灵飞旋在你冥冥之中
药罐贮满纯洁

5　赠友人生日

在白雪覆裹的森林
　　时间从你蛇的翅膀
飞过五十四周年
优雅的花瓣落在肩头

你斑驳的脚步
走出一片织锦般的天空
宁静中，噼啪篝火
　　正在热烈地爆响

我坐在窗前凝望——
　　木椅嘎吱的音乐
宛如蓝色火焰

6　中山北路

在幽深的岁月中
中山北路走过我的二十年
早已消失的足迹
叠缀成一部古老线装书

从少女到中年
街口的废墟长满了蓬蒿
杂草凄迷
我已记不得哪一天
行乞者的哀歌点燃过愤慨

鸟笼和陀螺　以及
小店铺里的古铜器皿
闪耀着绚丽与柔和
我平静的生活，惊惧
　　一些花瓣在凋谢
　　一些飞鸟在消逝

天主教堂的塔尖
　　传出阵阵弥撒之声

日子在这里重复
一生的烦忧与疼痛
瞬间纯净得没有一丝杂质

小街依旧古意盎然
夕阳下，我的眼睛在游移
流水　西风　微翘的屋檐
还有丝丝缕缕的树根
这俗世的生活　有灵魂飞翔
我单纯如初

2008 年写于杭州“天水斋”
分别发表于《新民晚报》和《诗刊》

二十四、组诗：梅关古驿道

1　南华寺

这里晨钟暮鼓
木鱼经书
金绣千佛袈裟里
　佛与众生有缘

六祖慧能真身
静坐于玻璃橱窗内
顿悟菩提　顿悟明镜
　“明心见性”即佛

佛性不在外面在本身
所谓“佛在心中”也

远离红尘的地方
门庭若市却不喧闹聒噪
此地，即便疯男狂女
也都心儿安宁毕恭毕敬

2　丹霞山

这里山势绵亘　峰林陡峭
赤壁丹霞又窄又陡的铁缆梯
　　把人升至天上

我，一个异乡人
在长老峰观日亭
远眺凝碧的锦江　萦绕山麓
——海螺峰凌霄雄峻
还有澹归和尚建立的别传寺

都说丹霞山的西北部有五座崖峰
它们形似大象，大象长长的鼻子
　　一直延伸到锦江
锦江的江水里就沸腾着
　　千秋不灭的火炬

我伫立在火炬之巅
这是一种涅槃的姿势
一种渴望风霜万年的永生

3　梅关古驿道

我读过陈毅诗词《梅岭三章》
此时，梅关古驿道就在我脚下

从广东到江西
一条通衢大道走过多少游击战士？

开凿这条路的先人张九龄
　　以及他的夫人
在这里打开了通向
　　世界的海上丝绸之路

我站在夫人庙前留影
想象当年的梅关古驿道
梅香扑鼻而来，我小心翼翼
每一脚都走在先人的足迹上

4　牡丹亭

这里是汤显祖的《牡丹亭》
这里有杜丽娘与柳梦梅
　　生死割不断的情缘

我站在牡丹亭前
虽然不再是明代建筑
　　却在漫长的岁月中
历尽沧桑

我与五月诗社的友人
寻幽探胜，这里曾是南安太守衙

如果没有柳梦梅在梅花观养病
　　没有他游览后花园
汤显祖还有没有《牡丹亭》?

5　游郴州苏仙岭

登上一千七百余个石阶
美丽的传说就在眼前
韩愈留踪　少游题句
白鹿洞“三绝碑”前
　　上边还有囚张处

那里画栋雕梁
掩不住主人的义愤填膺
翠瓦朱檐记录着将军的
片片情怀

我在这里抚今吊古
喜欢苏轼的跋
——米芾的墨书
还有苏仙的故事

2002年6月写于梅关古驿道旅途中

二十五、组诗：某个秋天

1　某个秋夜

浅草寺的香火
熏黑了东京的夜晚
银座汽车宛如一条长河
做着无边无际的梦

新宿东口的歌舞伎町里
那些旧腰带上是否滑过悲伤的泪?

我站在矗立的高楼大厦前
秋夜的天空裂帛着虚幻
居酒屋渲染的空气
使上野站的流浪汉毫无顾忌地叫骂

我，一个异国迷途者
在灯火辉煌的橱窗前发呆
望着山手线往来的乘客
突然看见熟悉的她
——泪水染满九月的风尘

2 奈良的今天

没有玻璃幕墙的高楼大厦
古建筑脱落的本质
曾是七代天皇的驻地

光芒四射的大佛博大恢宏
那是大唐高僧鉴真
东渡沧海奔往扶桑
带来东方大陆的聪慧和智能

奈良，一副中国长安模样
被人遗忘的气息里：
一种旷古的时代感
一种略带苍凉的野味

3 大阪美术馆

这里庋藏着
　　中国古代艺术品

中国历代名画
　　可以上溯南宋夏圭
还有新石器时代的彩陶
北魏石造像

我如数家珍　唐代王维《伏生授经图》
宋代燕文贵的《江山楼观图》，还有
宋代郑思肖的《墨兰图》和龚开的《骏骨图》

中国历史数千年　中国文物
放到哪里也都是中国的

4　京都的静

从大阪到京都想起川端康成的
《古都·祇园祭》，书中的南禅寺
男女主角春日赏樱的神宫
　　还有熙攘的鸭川四条通大桥

清晨小街四周悄然
高高矮矮的树　无以计数
男女都是微微一鞠躬
亲切多礼又静而不动

我赤足走在二条城回廊的地板上
这是有名的“夜莺地板”
踩上去一步一叮当
像远处传来的细细风铃

南禅寺和龙安寺
也让我赤足踩过方丈的房间

我静坐回廊的地板上
面对“枯山水”庭园
不思不想　入定成
　　静观的木石

5　箱根之一

原以为可以看富士山了
它是日本的象征
呈圆锥形　高 3775.63 米

终年积雪的山顶
朔风一起　银装素裹
富士山像一位羞涩的少女
犹抱琵琶半遮面
一年中只有八十天
展露容颜

其实，看不看见它都无所谓
我心中的山比它高

窗外正下着雨
住在河口湖第一旅馆
失望也醉人

于是，我泡温泉
穿和服　系腰带　着拖鞋
坐在榻榻米的大厅里
盘腿用餐入乡随俗

6　箱根之二

箱根是绿色的
箱根的芦湖也是绿色的

是否登海盗船？
三根巨大桅杆
船头的青铜海盗像
是仿中世纪的欧洲航海船

船舷高高
像抵御满襟的雄风

我瞭望四面群山
滚滚波涛
一碧万顷仪态的湖水
醉了思乡的愁

2000 年 9 月写于日本

二十六、组诗：整理遗物

1 瓢羹

这是父母用了一辈子的瓢羹
瓢羹的年龄比我大多了
我把它们双双握在手里
岁月就在瓢羹上流淌

我看见英俊的父亲和美丽的母亲
叮当的杯盘声中　对饮而酌
　　不再是西餐和刀叉
八仙桌有着神一般的威力

暴风雨来临时　有人握着长鞭
一阵惊雷响彻空旷大地
我是谁？我在哪里？
缓慢的时间如若针毡

悄悄收藏着的瓢羹
　　有着“U”和“S”
看一眼都仿佛回到从前
只是诗在远方却身不由己

哑巴和黄连
　　一服最美妙的良药

半个多世纪的瓢羹
宛如风雨飘摇的古宅
质地坚韧有力
我在“当当”的钟声里
泪流满面

2　算盘和印泥

父亲抽屉里收藏着祖父的
　　——算盘和印泥
它们从民国走来
一个世纪
　　大珠小珠依然顺溜
八大山人的印泥盒
完好如初
　　色彩鲜亮耀眼
好比祖父的一生
民国文人总是有着他们的福照

可以说话的日子
祖父穿着清朝的袍子东奔西忙
印章和印泥盒
这随身之物

就在他那袍子的兜兜里
权力和荣光都在惊涛骇浪中
蓄积成
一缕袅袅飞升的炊烟

3 羊毛毯和海富绒大衣

母亲抱着襁褓中的我
去百货商店买羊毛毯
东挑西拣后选中了黄底绿花
绿花是象征
是她怀里的我
我是她美的憧憬和希望

然而，一出门狂风呼啸
世界随之变化　弱小中
女人却有着坚韧的抵御
我因而得救

在母亲的羽翼下
我因黄底绿花的护航
四季温暖如春　我渐渐长大
我的眼睛里有了美的感觉

为什么母亲那么美呢？
夏天的绳索上晒着母亲时髦的衣裳

一件件旗袍
　　恰似盛开的花朵
我是花朵上小小飞翔着的蝴蝶
当蝴蝶飞到海富绒大衣上
　　我就进去“躲猫猫”啦！

远去的铃铛般响的童声
在我耳畔回荡　此时
母亲的海富绒大衣在我怀里
如同我抱着回到童年的母亲

4　两只樟木箱

这是母亲的陪嫁，从外祖父家出发
经过十里长街　浩浩荡荡

母亲叙述当年的景象
宛如插上了鸟儿的翅膀
只有这个时候她是高兴的

大半个世纪
两只樟木箱叠放在一起
或者，可以说在母亲的床头一隅
上面覆盖着碎花锦麻布
麻布上
　　一只乳白色花瓶里

常年盛开着红玫瑰

这是多么喜气的景观啊！
无论肃杀的秋天，抑或是严酷的冬季
我从未想过箱子里的秘密

如今盛开的玫瑰花凋谢了
我走近它　却无法打开它
所有的秘密都随母亲逝去……

5　窗外——给 G

时光已过去了十三年
曾经花开的瞬间
被风吹过一地辉煌
我却不知鹰在峡谷上空盘旋

岁月如一截截流水
晚风中有过多少燃烧的灰烬
寂静　安详
我数着掌心的纹路

初夏的午间树叶婆娑
一群鸟儿飞过村庄
葬礼之后，我呆坐木椅
裙裾袭地长发蓬松

心如冰冻的河口

此刻，你悄悄地来
我看见乌云散去
小楼窗外两只蝴蝶背靠花瓣
编织诗和远方

2019 年 6 月 8 日写于杭州大学苑
发表于《浙江作家》2019 年 12 月

第五辑　经历

即使有一天苍老睿智的脸
也会穿越穹隆和浮云
变得意蕴悠远

二十七、组诗：面对新现实

1　两种经历

整个冬季温暖如春
我在莱克星顿小城的家
　　将国旗冉冉升起
迎接农历除夕和中国新年

去夏洛茨维尔的中国超市
买水饺皮、猪肉末，还有汤圆和年糕
笔记本记下邀请的朋友，窗外
悬挂的红色中国结　如风铃飘荡

武汉封城，这突如其来的新型冠状病毒
让我想起从前的“SARS”，那时没有停课
我也没戴口罩　一切的列车都照常运行
“SARS”消失了我没有反思
　　好像谁也没有反思

一年又一年的太平盛世
我们在繁荣富强的都市里活着
偶听不测，亦心存侥幸

仍旧盘算着自己的日常

然而，一场病毒以排山倒海之势
席卷全球，被迫的休克
宅家是必需的，我翻阅 News Break
曾经一个个鲜活的生命
　　变成一道道黑色数据
多少家庭崩溃于绝望中
我泪流满面

2　面对新现实

我们的世界突然那么遥远
近在咫尺却远隔重洋
　　只因疯狂的新型冠状病毒
看了一趟母亲已回不到孩儿身边
不能抵达的彼岸啊，一切都被粉碎

从前买一张机票就可以飞回祖国
　　与世界没有距离的感觉
让灵魂自由飞翔

瞄一眼 News Break
大西洋海面节节攀升的数据
导致文明的价值，如此脆弱
我们在历史中学会了什么？

奔驰在 66 高速公路上
空气中仿佛弥漫着红色病毒
我的耳畔忽然响起：
男人的哭泣　女人的哀号
一种无法征服的疼痛溢满胸间

3　自我囚禁

残忍狡猾的病毒泛滥成灾
疫情宅家，归隐的生活
对某些人来说，就是自我囚禁
或者，被囚禁了

我们没有陶渊明“采菊东篱下”的心境
那些四面八方传来的信息互相矛盾
又不能彼此印证，无知、茫然与惶惑
多少无助的呼喊凋零在阴冷的夜空中

所有的判断来源于你的积累
这个时候你选择什么，你想做什么
你能做什么，你该做什么？
作为一个人，如何保持理性的愤怒能力
　　而不被愤怒所操控？
我们的生活实质依赖于人格中
一些基础的东西

此刻，我在莱克星顿小城
自我囚禁，一种反思的能力
宛如窗外的青草茁壮生长
黑色数据下
　　原本鲜活的生命
让我默默祈祷，双手合十

4　在路上的人们

野兽般狂奔的新型冠状病毒
宛如洪水般冲垮了闸门
后来居上的数据，全球第一
纽约好比当初的武汉
州长库莫接受媒体弟弟采访
　　亲兄弟也吵了起来

停课、停工，重返家园
躲进城堡里不再拧紧的发条
　　有着相对的安全
冰箱的食物是满的　快递男人
把纸箱轻轻地放在你家门口
“封控”的生活里
有了链条一样的存在感
你不大可能遗世独立

那些在路上的人们
让城市的节奏舒缓地运行着
他们难道没有恐慌，没有害怕
答案当然是否定的

三月，青烟白雾缭绕的天空
拉开了全球抗疫幕布
在路上
　　多少医护人员自愿奔赴前线
紧缺的呼吸机、防护服，还有口罩
顾不得那么多了，挽救生命
是他们神圣的职责

5　美丽的消失——致纽约蓝蓝

网络上流传着，一个日记
没错，纽约蓝蓝的抗疫日记
武汉日记之后，又一种
绚烂之花的三月，在远处
让月亮也心乱如麻的人们
清晨的抚慰，真实、纯粹

每天都有粉丝和追随者
无言的窗上
　　叮当作响的回声
从世界的这一边，到那一边

尽管有些树枝被折断了
青葱的周围
　　那些伸展着广阔的羽翅
许多姿态充满意义

哈得孙河对岸的消息忽然停顿
惊闻于一场车祸
　　行色匆匆的街道
时光在瞬间凝固，沉默中的神灵
在通向美妙世界的路上
戛然而止，我心悲戚

或许为了疫情中的采访
或许为了下一篇日记的措辞
恍惚飞翔的身姿
一声嘶喊
　　倒在洁白的玉兰花丛中
小镇，因此而肃穆

黑色的遗址飘荡着幽魂
你美丽的消失
是一种无法预测的劫难

6　隔着网络

我们“在线”

共享空间里的你和我
或者，你们和我们
没有了面对面的眼神和温度
没有了突如其来的烦恼和郁闷
没有了那不可预测的争论

隔着网络，新型冠状病毒
　　被拒于千里之外
我们每一个小小的视频
都聚集在一个屏幕里
会议，或者网课
　　由于信号的缘故
那些变了质的嗓音
即使满腹经纶
也闻不到芬芳的气味

事实上，我们都在做同一个实验
没有人在乎触摸不到的质量
彼此的隔绝和分立
差异，显而易见
只要没听到不一样的声音
　　一切的想象都合乎情理

三月，脚下的疫情如洪水泛滥
窗外树枝的断裂声，传来

州长颁布的行政命令：
“从今天起开始禁足。”

7　与电影相约

我们与电影相约
情人般那么忠贞不渝
一种艺术，一个窗口
已覆盖到社会各个层面
无论主流和非主流

窗外的暮色在树梢跳荡
因为“禁足”，院线电影
每一座都是空城
　　危机无处不在

家里小小的屏幕是无边的海洋
你选择了什么？感知了什么？
视野和价值
召唤出了你什么样的情感？

我的眼前正在上映《恐怖地带》
瘟疫就像一列焦虑的夜行火车
疯狂地越过高山、河流
虚虚实实是某种预言
　　抑或是对历史经验的总结

防不胜防的新型冠状病毒啊！
——人类中的“恶之花”

我们仿佛被囚禁在洞穴里
一望无际的黑暗
空寂惊醒了梦的翅膀
病毒关闭了春天的灿烂

8　安娜医生

我们带着孩子一起去教堂
信仰在虔诚的祷告中
牧师的故事里充满教义
责任、勇气、担当、自律
　　还有那崇高的荣誉

一代又一代的孩子们
在这里接受洗礼
从少女到母亲，你已度过了
山楂花开的年龄

后院的小溪荡漾着心曲
你说：“我要践行我的信仰。”
月光如瀑布披在我们身上
你是最早的志愿者　明天你将远行

医院里，一个烫着卷发
抹着口红戴着耳环
穿着点点小花衣衫的
　　——七十岁老太太
是你第一位
　　患新冠肺炎的病人
她说：“如果严重起来，我不要插管。”

多么精致、明朗，有尊严的老太太
一生的祈祷　完好无损
你饱含深情的凝视
多了一些停留与呵护
　　使她不再翱翔的翅膀
洋溢着恬静与安详

谁也没想到仅仅两天
凶猛如虎的新冠病毒
吞噬了她鲜活的生命

悲伤的旋律从心底升起
日落之后你依然坚守，此时
恐惧和胆怯的风
　　已穿过田野和森林

9　疫情中的邻居们

清晨，远眺对岸山岚
白云游荡的心境在山雾里
扮演哑剧角色，而后院
森林里鸟儿的啼唱
　　抓住了空气中的寂静

那些披着晨衣的邻居
坐在露台洒满阳光的椅子上
喝一杯苦苦的咖啡，或
　　在自家后院里悠闲漫步
不能去教堂的日子
疫情冲散了神圣的静穆

我牵着“Tucker”小狗
溜达在空旷的原野
天际偶尔掠过队队鸟群
碧绿的草地上，一个小小的影子
那是邻居郝莉家的“Abana”

两只小狗你追我赶
我和郝莉聊起了邻居们
捐赠厕纸、面巾纸
　　还有燕麦和罐头食品

疫情中，多少底层承受不起苦难

据说纽约巍然耸立的建筑
警灯闪烁
这世界将发生怎样的变化?

10　去“Costco”购物

去夏洛茨维尔的路上
铁丝网围栏里吃草的牛
　　不知道新型冠状病毒徘徊大地
阳光铺满旷野
它们不需要防护口罩
悠然地走进晌午的深处

我从莱克星顿通往 64 高速
无车的公路上
病毒吞噬了人们的灵魂
苍凉的远山，那些哭泣的亡灵
　　使悲悯也通向地狱之门

“全球大流行”，这罪恶深重的词语
难以形容的巨大危机负载着我们
时间、距离，用目光触摸色彩
　　沦陷的世界不再翱翔
人类彻底改变了生活方式

走下车，我蒙上了淡天蓝口罩
不再拥挤的停车场，云朵低垂
“Costco”还是原来的“Costco”
只是你和我都隔着漫长的距离
没有口罩的人，也蒙上了围巾
　　把脸蛋裹得严严实实
这是西方人的观念更新，抑或是
为了活命的选择？

11　致武汉

我没去过武汉，因为疫情
　　与它有着丝一样的牵系
从莱克星顿通往汉口医院的
——口罩和护目镜
那是连着武汉的心跳

封城的日子里
　　被悲伤刷空的夜色
即使阴霾的雷霆充满宇宙
毕竟有着火神和雷神
　　还有那搭建的方舱

多少个心碎的家庭
像一座孤岛沉没于空寂

凝固的时间
在泪光闪烁的星辰里
一抹阳光从心头升起
如同图腾的饰物，废墟中的博爱

终于过江的轮渡拉响了汽笛
穿过风暴，穿过生命的碎片
阵痛后的心灵已被唤醒
——拯救信仰的塔楼
那些谜语般的生活充满真理

注：火神、雷神和方舱都是疫情中建造的医院

12　复活节的早晨

该去教堂的日子
我们躲避瘟疫，囚禁中
有着重生与希望
耶稣基督从盲人歌唱家
——波切利的歌声中走来
孩子们挑选精致的彩蛋

羊肉和火腿
　　还有一瓶葡萄酒
举起酒杯
这灾难深重的时光

苦涩的欢乐里贮满期待

13　怀念故乡

四月的风
穿过如烟暮色
风铃寂寞地敲打着岁月
搁浅了的航班
仿佛断了飞翔的羽翼

我眺望远山近水　溪边的芦苇
诡异地窃窃私语
风在吹，吹着我思索的涟漪
那是我熟悉的街景
还有那一抹浮光掠影

飘浮的云朵下
　　一只孤鸟停泊在港湾
手机屏幕里飞溅的激情
传来熟悉的声音，只是
祖国近在眼前又远隔重洋

多想采一束故乡的草
喝一口西湖水
小时候，母亲温暖的怀抱
把天空照亮

失去母亲的孩子
宛若海里的一片浮萍
可谁又会珍惜身边的情和景?

穿过四月的风迷蒙的屏障
灵魂的火把掠过新型冠状病毒
四月，我回到故乡
圣洁如初

14　四月的味道

风的移动就是星辰的移动
时间切割鳞片
阴影在松林中游转
　　朝向春天的探望
我们终于相遇

保持六英尺距离
阻断空间角力的传染源
静态里的动态
平衡着我们陷入混沌的岁月

山坡上，几只瘦骨嶙峋的小鹿
怀揣微弱的希望
可谁又能摆脱忧郁和悲伤?

哑谜一样的呓语
在这空寂的傍晚
我们都成了风的叙事者
不再抒情的生活，总是常含泪水

只有科学能指出一种路径
　　一种独特的张力
使灰色沉寂的世界
生长太阳

2020 年 3 月至 4 月写于美国莱克星顿

部分章节发表于《中国诗人》2020 年第 3 期

二十八、组诗：城堡之夜

1　谷雨

跨过清明，不期而遇的谷雨
伴着呼啸的风和倾盆大雨
还有刀劈雷鸣般的闪电
乌云滚滚而来

季节更替植物
黑夜收藏着暴力、谎言，疼痛和泪水
山冈坠下的滚石宛如无形利剑

深林里孤独的鸟鸣
　　坚定而不屈不挠
黑暗遮蔽了光亮，海面上
鸥群的喧嚣如此巨大

在谷雨时节苦思冥想
雨水滋润着辽阔大地
久违了的号角　杜鹃般啼血
守住真理　我在寂静中默默割草
割草机的“隆隆”声

锋利地切割着沉寂

2 当下的力量

最是屋漏偏逢连夜雨
难以接近的当下，空间的距离
挡不住人类认知的能力

多少个柔韧的生命
血液里的黏稠
就是在最困难时刻
内心的音乐，激扬起如梦诗篇

尽管广袤的世界收缩成一座古堡
命若游丝，却也气壮山河
思想之外宇宙变得渺小

长满蛆虫的山毛榉树
被撕碎的云层
扭曲了塑像
一起悲欣交集的日子
苍老的大地也伸出手掌

我们与世界丝一样牵系
当下的现实，有着它独特的张力
如果大海扬起风帆

远方的我
向你致以崇高的敬礼

3　不可或缺的疼痛

晨曦攀越黑暗中的树林
阴冷的空气结着冰霜世界
从前熙熙攘攘的街市
此时，忍受着如此僻静

朦胧的陷阱里，危险依然存在
我的疼痛游走脏腑
　　萦绕于脑际
侵蚀着并不牢固的边缘

呼啸的风晃荡着树梢的头颅
让叙事的生活左冲右突
我脚踩着沙子、砾石
屏住呼吸，用词语撰写容颜

不可或缺的疼痛是一种滋养
记忆和经历
　　都是一笔不错的财富

驱除阴影填埋心灵的裂缝
生活还将继续，一切灾难

是匆匆的过客

4　徜徉在精神经验里

在午夜幽暗的灯光下
我的心洋溢着如水月光
每一个细胞都在沉思
经验来自精神
我坦诚的描述是指尖上的舞蹈

谁也不缺生活经验
旷野里的道路，总有荆棘丛生
　　悲哀的，抑或是死亡的
如果只停留在滴答的雨中
嗅不到一种悲悯的呼吸
啃噬中的岁月
如同陈旧的老藤椅
延续着枯燥乏味的梦境

我的沉思在我思想的眼神里
那是一种经验，有如骏马奔腾
丰富着我的生活

一束微弱的光透过窗棂
漫漫长夜中的白昼
阒寂无声，灿烂的精神之花

使一切思绪都有了深度

5　琴声荡漾——给小威廉

闭上眼睛，优美的琴声
宛如河坝清冽的流水
从清晨到傍晚
在黑白琴键上叙述、询问
世界在你飞翔的指尖
熠熠生辉

而你飞鸟一样地追赶：
一种语言、一种色彩
还有一种线条和层次的感觉
那是艺术家的表达，孩子啊！
你通灵自然的音律
在我心里荡起涟漪

多么单纯、明净
你的小小的灵魂世界里
热血充盈，潜藏着生机
没有什么能难倒你
如歌的行板
仿佛是命运的手指
光一样照耀

跑道永远给有准备的人
希望与失意
如同轮回的季节
越过冰封的雪天
就是满目葱茏的原野

此时，琴声荡漾
晚霞在空中浮游，忽然
一道彩虹席地而来
那是爱的赠予，额外的收获
你稚气而又神秘的微笑
让我的慈爱细藤般缠绕

6　安格林庄园

四月的安格林庄园
呈现一派生机勃勃的绿色
我在前庭后院里割草
绿色的草浆沾满刀背

几只大雁呼扇而过
微风摇晃着溪边的芦苇
　　那些缥渺的白云
在蔚蓝的天空里
温婉地倾诉
如同河水潺潺不息

我的沉默已久
仿佛是庄园里的农妇
春夏割草，秋冬收拾
满园落叶缤纷
　　手上的老茧
不会有恍若隔世的惆怅

四月的安格林庄园
闪着光的风景神圣又迷人
它有撑天古树　奇异的花纹
还有锋利不可侵犯的边缘

我就生活在这里，青草的气味
滋养着不再年轻的我，却因为光
即使有一天苍老睿智的脸
　　也会穿越穹隆和浮云
变得意蕴悠远

7　露天咖啡馆

坐在空寂无人的咖啡馆
春日正午的庭院，守望街景
宛若守望着从前的繁华

我的眼神触摸松林塔影
一阵风吹拂大理石桌面

尘土飞扬，寒冷再一次袭来
这世界面临着黑暗中的摸索

想起多年前，我一个人
在伯克利和夏威夷的咖啡馆
来一杯拿铁，或者卡布奇诺
一种包容的文化
需要遵守必需的规则

眼前，满园飘落的花瓣
让我沉陷于清晰的思维
品尝疫情蔓延的苦果
混乱中的秩序
我的忧虑没有栅栏
沉重吞噬着内心的阳光

哪里还有海鸥和归帆
回不去的从前
多少事件纷至沓来
如芒刺在背，磨难
也许促使生长的欲望
形成新的合奏

夕阳坠落时分
我穿过栅栏和松林

离开这咖啡馆忧郁的春天

8　心酸的地球

尽管阳光洒满银亮的水面
波浪却不再叙述春天的绿色
地球养育了人类和一切生灵
赐予我们沃土、粮食、鲜花，美酒
还有荣耀和苦难

这个春天断崖一般的崩溃
撕裂着多少傲慢与冷漠
缓慢的气候变化，早在年复一年中
　　从量变达到了质变

愚昧是毁灭的根本
全球变暖导致冰山融化
淡水减少，动物缩小了生存空间
而食物链断裂就会产生新的疾病

心酸的地球已流尽了泪水
人类的悲伤啊！
即使撕心裂肺地哀号
也挽不回多米诺骨牌的效应

我在荒草萋萋的后院

冥思苦想，那些被遗忘的记忆里
历史总是惊人地相似

9 莱克星顿的气味

这是我生活的地方
它是一座历史名城
有着青草味、干草味、腐草味
还有马匹的汗味和牛的臭味
一条小河蜿蜒城池

缓慢的流水里
有着南北战争的遗物
仿佛是一些纯粹的音符
光芒之后
在这里打发着寂寞岁月

我做什么都靠嗅觉
鼻子对气味的想象力
充满色彩和温度

松林上的薄雾弥漫着：
五星上将马歇尔，二战名将巴顿
　　还有南军将领杰弗逊，以及
西点战神罗伯特
那是一种怎么样的相遇啊！

我的内心忽然铿锵有力

晚霞寂静地越过西山
莱克星顿的气味里
　　有一种恍如隔世的惆怅
宛如江南稻米
酿起我浓浓的乡愁

10　城堡之夜

夜幕降临时分，我关闭
城堡里所有的门和百叶窗
熄灭全部灯光
只剩下壁炉上的烛火
悼念一位逝去的女作家

那年我们在圣莫尼卡海滨相遇
每一个瞬间都是灵魂的欢聚
她生动、美丽、明亮的形象
神一般的思考增加了艺术重量
我们相视而笑，穿着白裙和花裙
在蓝色的海岸线上
　　飞翔的舞姿，飘飘若仙

现在，我坐在壁炉旁的沙发上
回想往事，一代人的梦想飘然而逝

烛火的泪光里饱含诸多遗憾
不知说什么好，我的语言变得如此苍白
我的悲伤莫可名状

夜又深了一层
我撩起窗帘，望着窗外的月亮
时间的黑洞正在穿越生命
穿越一切的峰顶

11　诗性瀑布

那里峡谷两岸密林葱葱
一座天然氧吧
悠游的大雁伴随着春花秋叶
我就住在山上的树林掩映中

古朴的石拱桥旁
那纵身一跳的瀑布飞流直下
虽是自然之景，却有着诗人的脾气
灵性　执拗　我行我素
扑扇着翅膀无视山的愤怒

我用画笔勾勒形状
如弓的瀑布朝向浩渺之风
水的燃烧浩浩荡荡
尽管下坠后难免粉身碎骨

但依然挡不住澎湃的激流

这是诗性瀑布的风骨
藏着脊椎里隐匿的疼痛
下坠、粉碎，周而复始
流动的镜子，每天只照自己的灵魂

几只乌鸦“呱呱”飞过
邻家又响起了割草声
我家的草地也都芒草疯长
只是艺术家的心是相通的
我愿与这诗性瀑布共进退

12　晒晒月亮

我们“禁足”已久
那么多感染者连空气都成了猎人
还有黑色残忍的数据
生命啊！竟这样无辜地被吞噬
我心悲伤

这暗流涌动的春天
　　是谁在拨弄命运的手指?
难以描述的世界，原来
帝国、皇冠、庙堂都是易碎的

我们都害怕感染
面对阳光保持了退却和让步
只有赴死的灵魂傲然而出

宅久了的日子
如萧瑟情景中的万木绝望
易朽的肉身发出霉味
那么，晒晒月亮吧！

浩瀚的夜空繁星点点
赋予我们观察的视角
而大地苏醒了的虫鸣声
　　以精灵之气
抵达幽深的彼岸

13　初夏的日子

初夏潮湿的空气
使后院树木生长白色木耳
宛如一些倾听的耳朵

狂风在陡峭的山坡号啕
零乱的枝杈和飘坠的花朵
就像这个理还乱的世界
无法破译密码

谁也不能成为封闭的古堡
不可或缺的你和我啊！
红丝带一样缠绕腰间
我们都是地球母亲的孩子
躲不掉命中的歧途和围困

浪尖上的帆船
总会有许多玻璃一样的易碎品
我们有山洪般凛冽的爱
　　那些刀尖上的咆哮
慌了谁的眼神？

雨过天晴，我在后院默默徘徊
满目葱茏的绿色，以及青草地上
朵朵馨黄的小花都让我明白
许多时候希望也来自抵抗

14　窗外的梧桐树

母亲已经不在了
窗外的梧桐树　枝繁叶茂
宛若一把遮风挡雨的伞
为母亲守着灵魂的家园

如洗的晚风荡涤着灰尘
家具，还是从前的摆设

那些陈旧的气味
来自空寂中飞翔的精灵
那是母亲放心不下的眷恋

我的灵魂飞回故乡
仿佛母亲还在病榻上
用喃喃细语
　　抚慰我疲惫的翅膀

那些年我陪着母亲
　　看着她慢慢缩小
目光呆滞，鼻孔上
　　还插着氧气和食管
一种无能为力的苍凉
只能偷偷地暗自落泪

岁月的刀刃磨得我满身是茧
然而绝望的波浪
　　也难摆脱吐露清辉
我愿回到童年
　　回到母亲的臂弯里

15　五月初夏里的寒冬[1]

五月初夏里的寒冬

---

1 “五月初夏里的寒冬”指美国莱克星顿地区的气候。

碧绿的草地上结着冰冻的霜
那是亡灵们不肯化开的心结
无法捉摸的温度　寒意料峭
断崖上一朵孤独的小黄花
明亮而突兀

一下午，呼啸的风吹乱了森林
所有的树都低垂着头颅
那是对人类的认罪吗？
自然中的幽魂也有反省的时候

阳光朝着西边一点点移动
我在风中割草，从前庭到后院
铲除蔓延的杂草和寒冷带来的谬误

割草机有力地撕裂着初夏
切割着绿色的火焰
大地不想在寒冷中沉默
呐喊声此起彼伏
即使是一次不完美的残缺
夏天已敞开如山的胸膛

2020 年 4 月至 5 月写于美国莱克星顿

部分章节发表于《草堂》诗刊 2021 年第 3 期